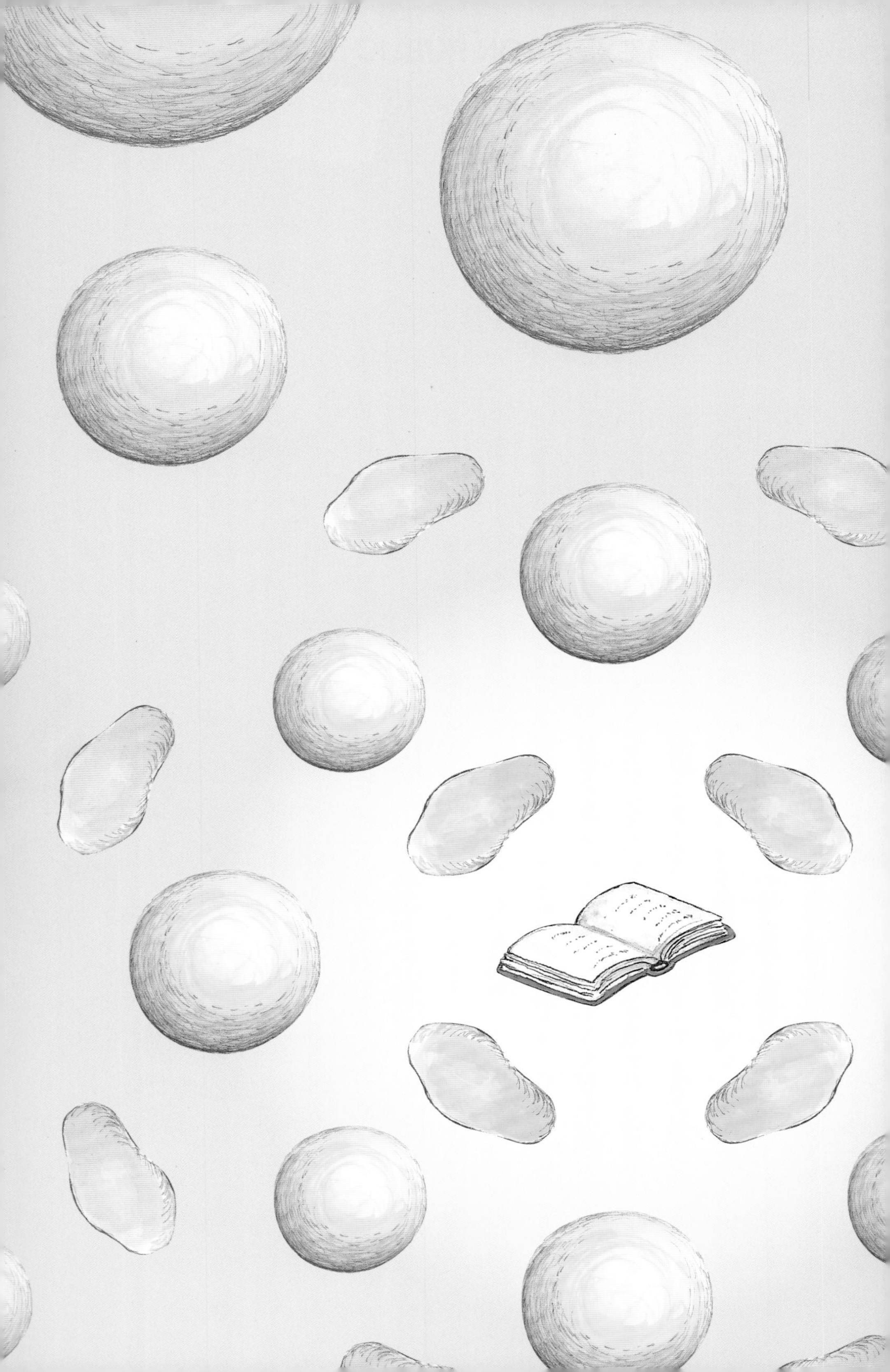

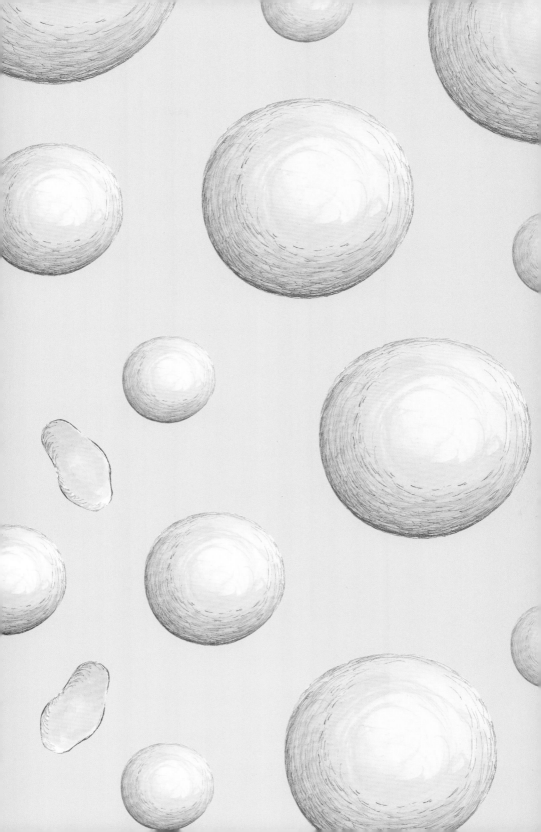

Rana y la pelota

KATHY CAPLE

HOLIDAY HOUSE · NEW YORK

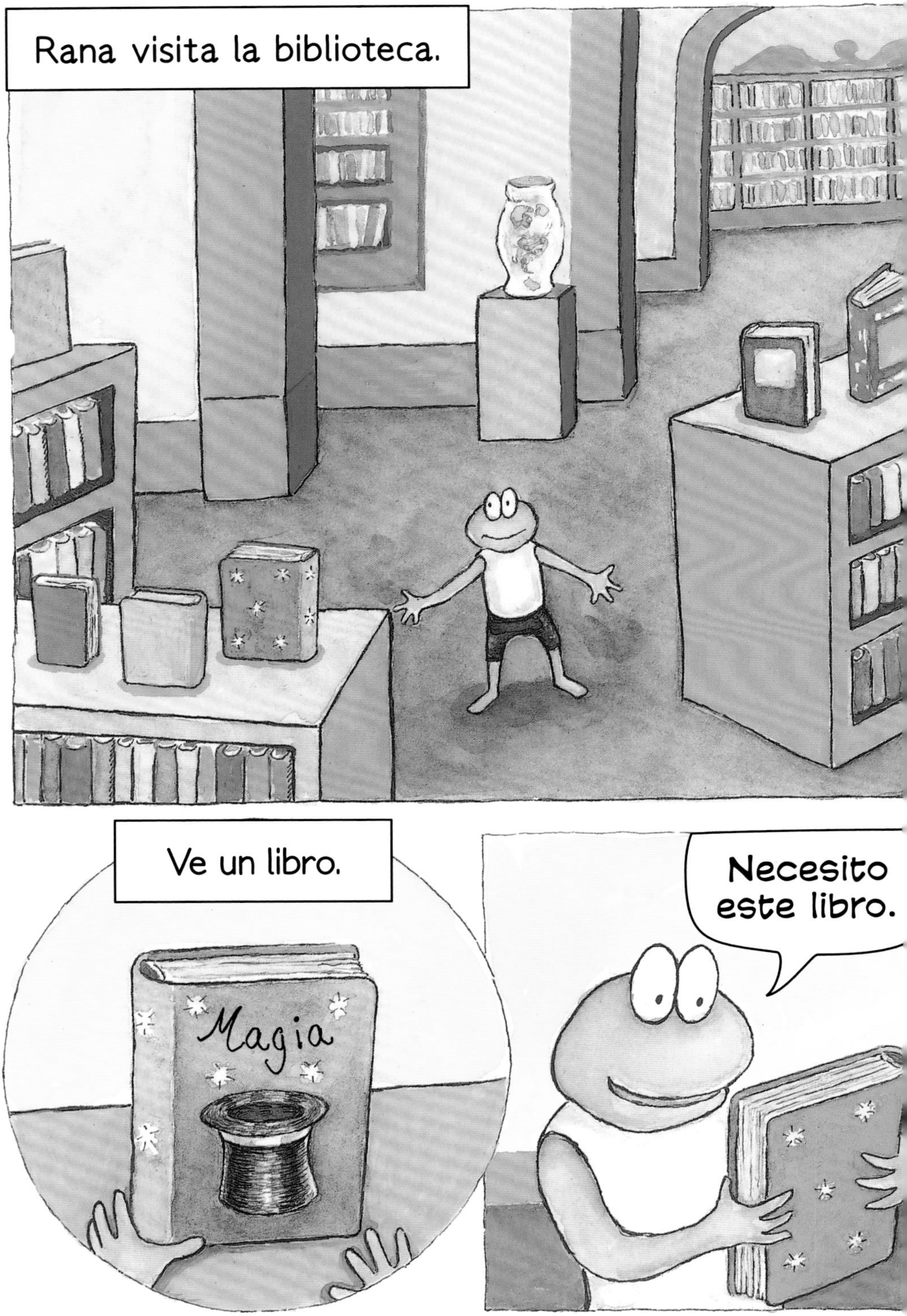
Rana visita la biblioteca.
Magia
Ve un libro.
Necesito este libro.

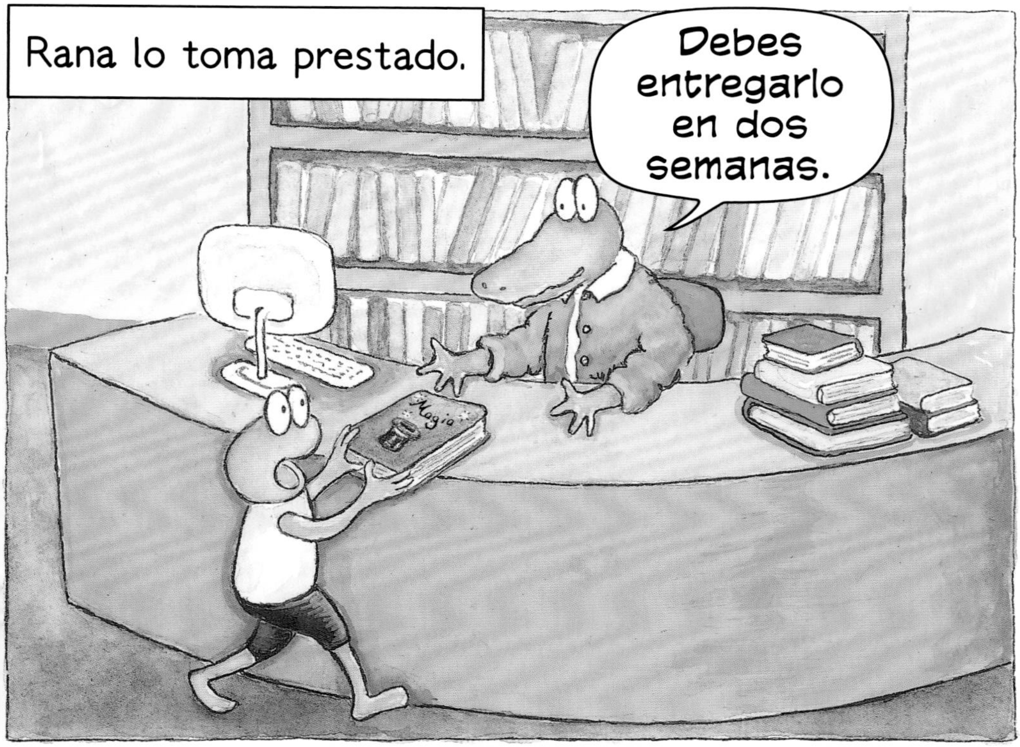
Rana lo toma prestado.
Debes entregarlo en dos semanas.
Magia

Rana lleva el libro al parque.

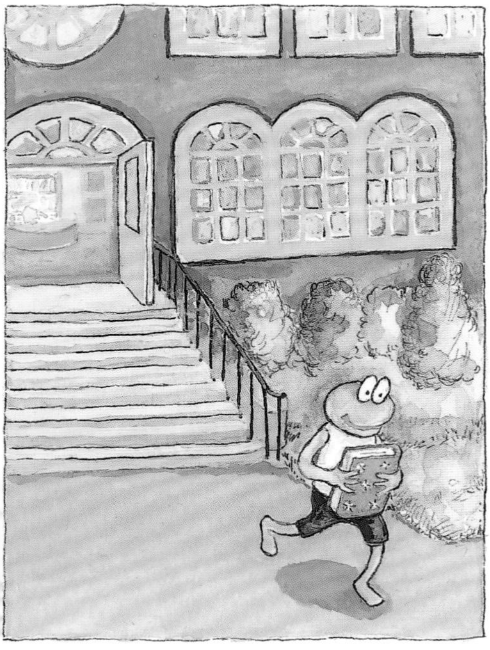

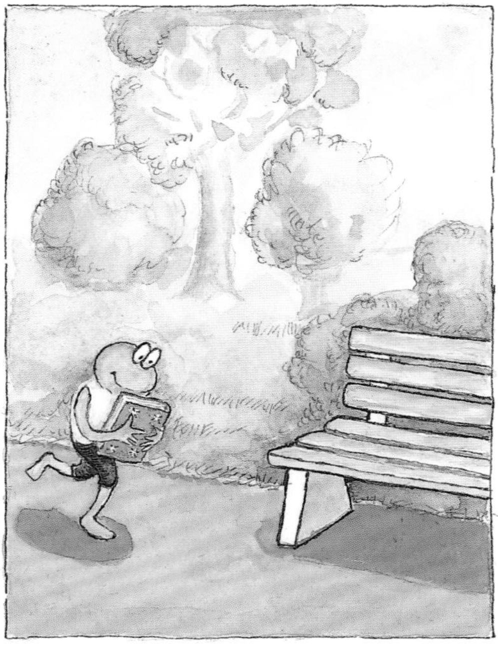

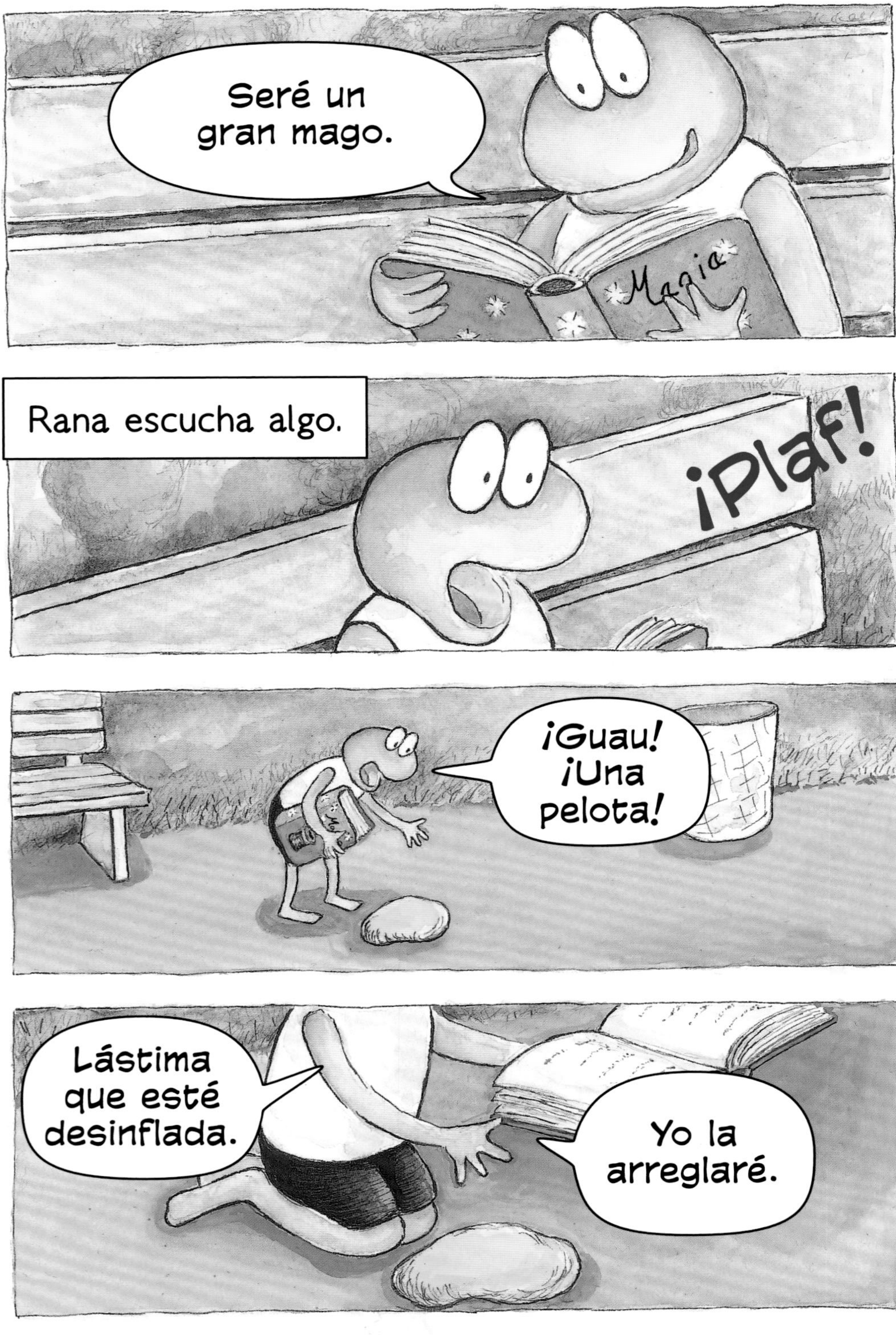
Seré un gran mago.
Magia
Rana escucha algo.
¡Plaf!
¡Guau! ¡Una pelota!
Lástima que esté desinflada.
Yo la arreglaré.

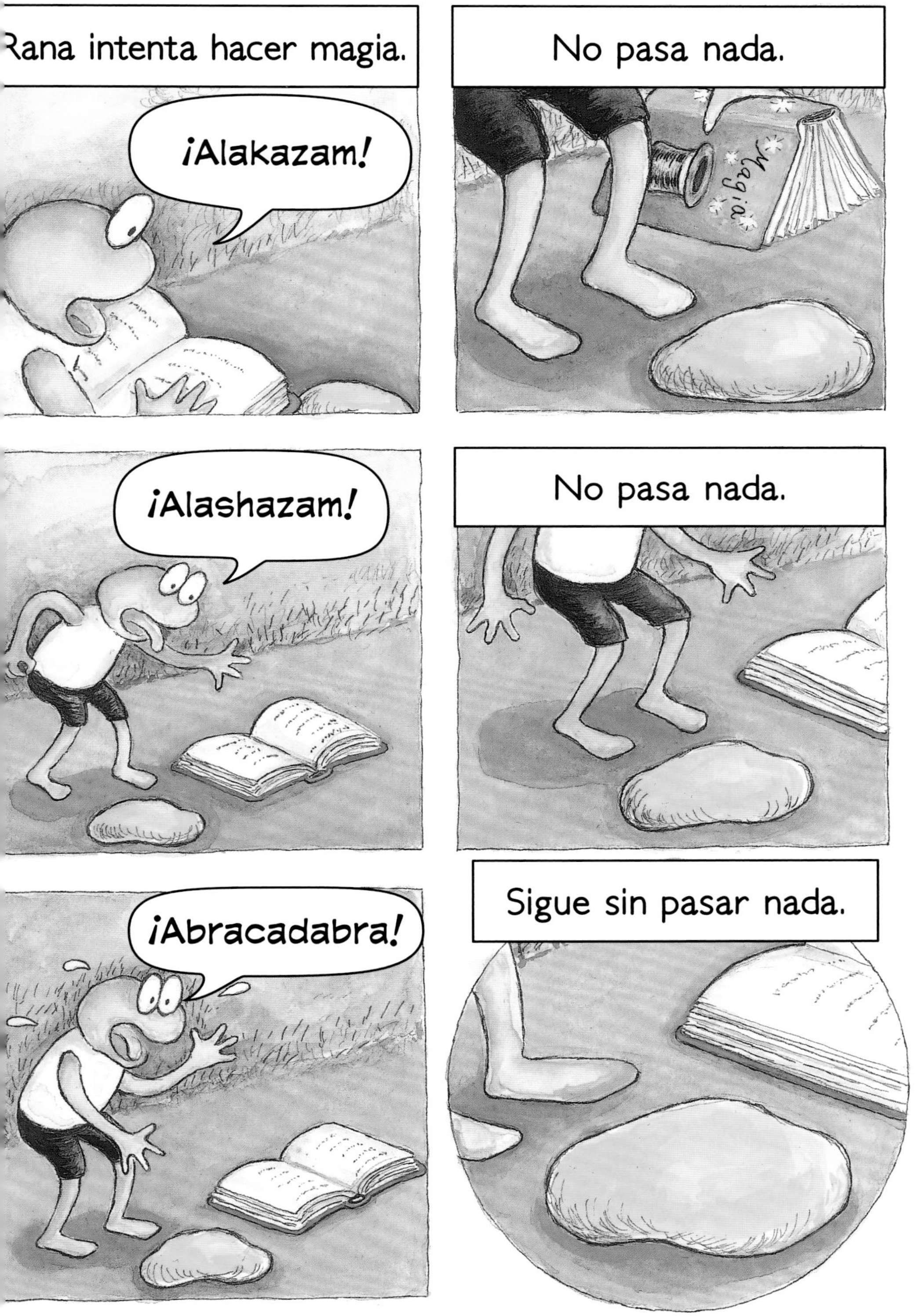
Rana intenta hacer magia.
¡Alakazam!
No pasa nada.
Magia
¡Alashazam!
No pasa nada.
¡Abracadabra!
Sigue sin pasar nada.

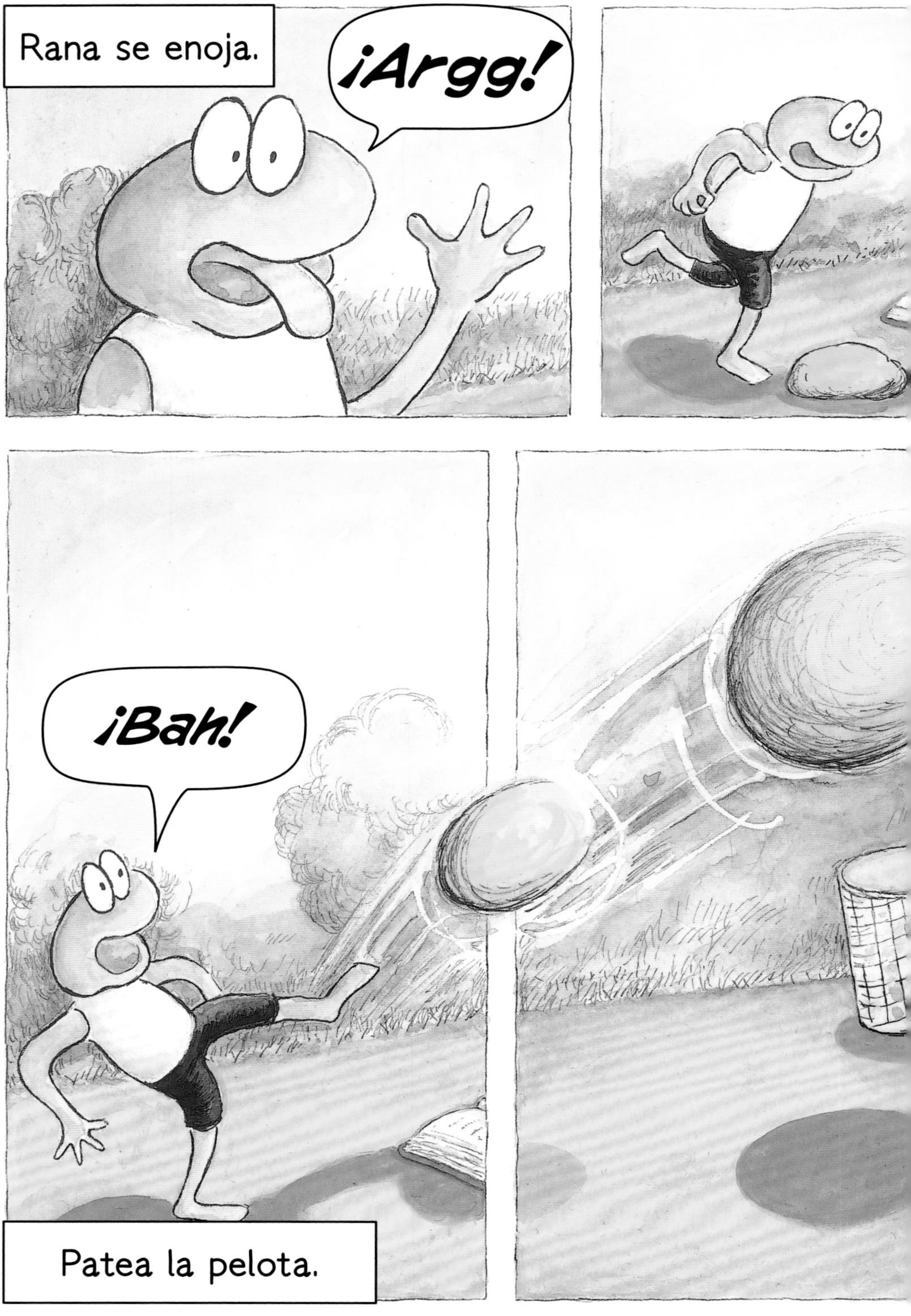
Rana se enoja.
¡Argg!
¡Bah!
Patea la pelota.

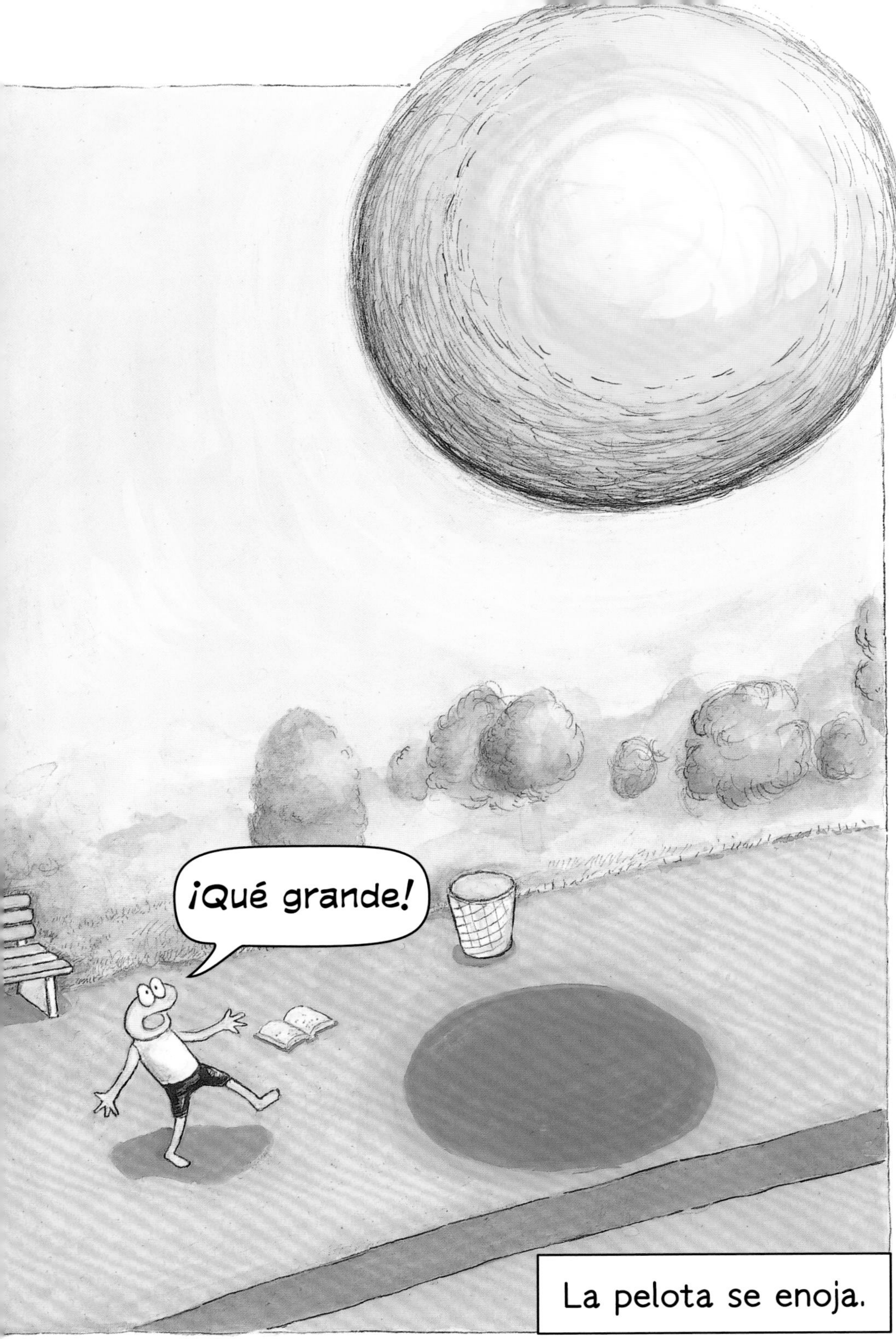
¡Qué grande!
La pelota se enoja.

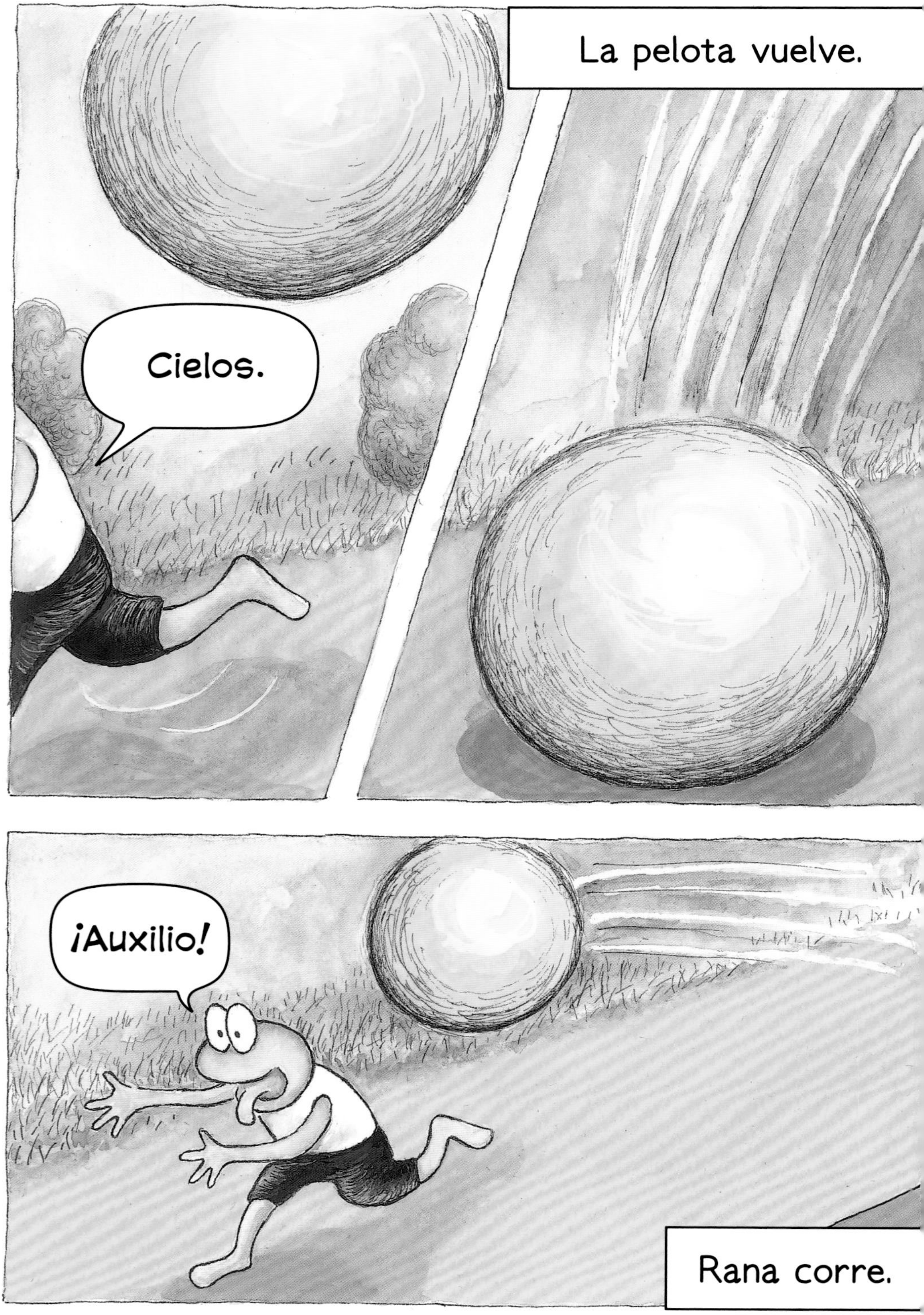
La pelota vuelve.
Cielos.
¡Auxilio!
Rana corre.

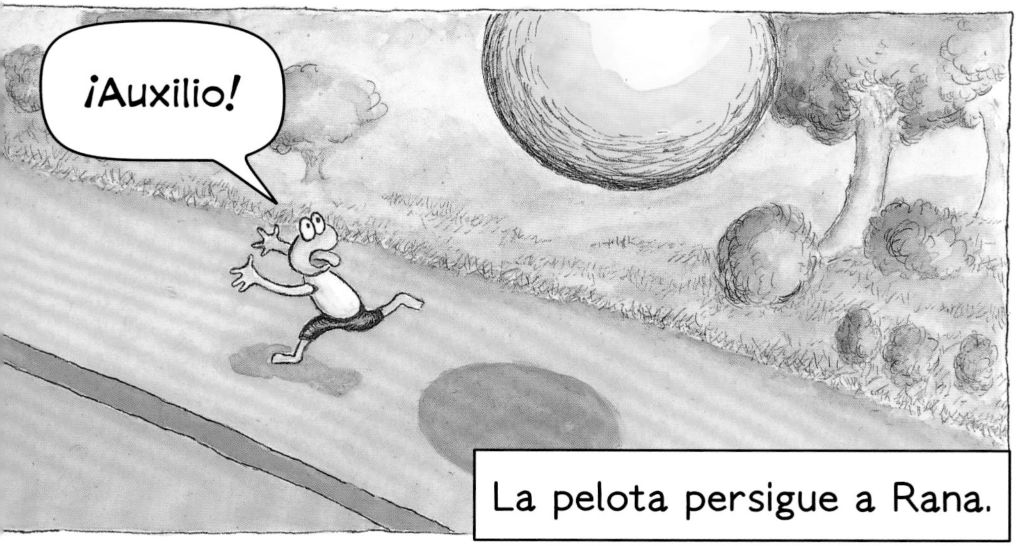
¡Auxilio!
La pelota persigue a Rana.

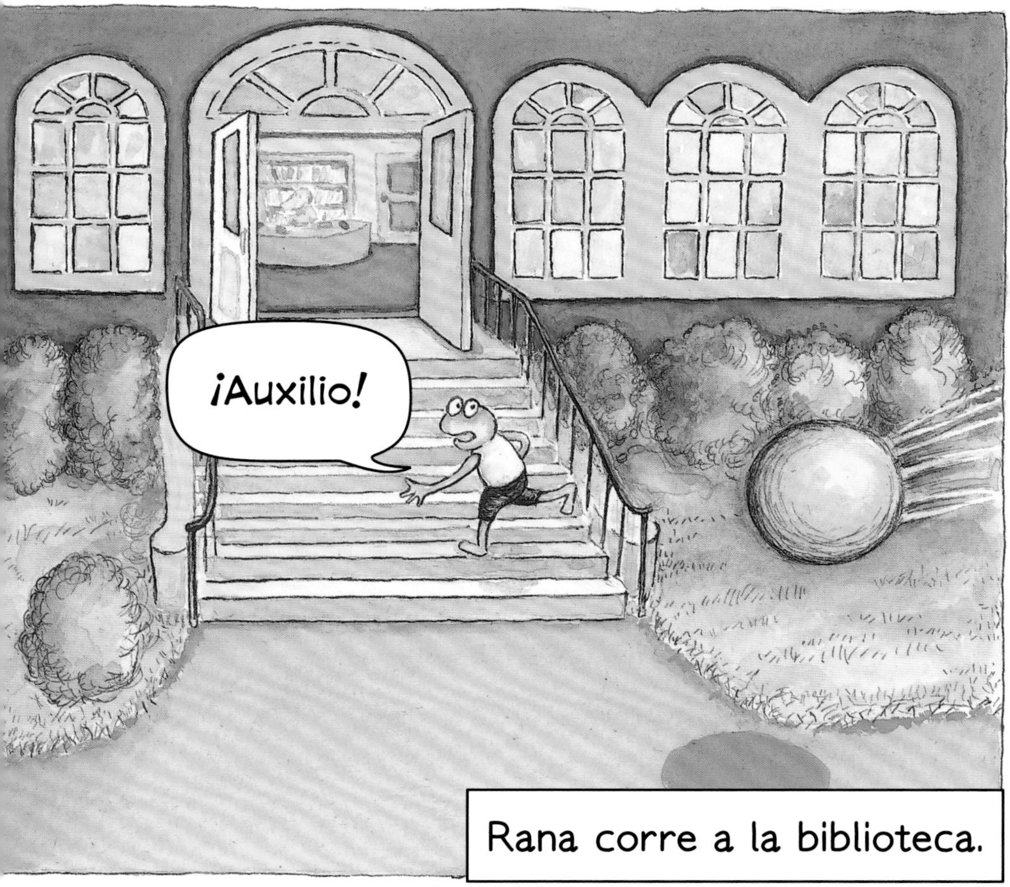
¡Auxilio!
Rana corre a la biblioteca.

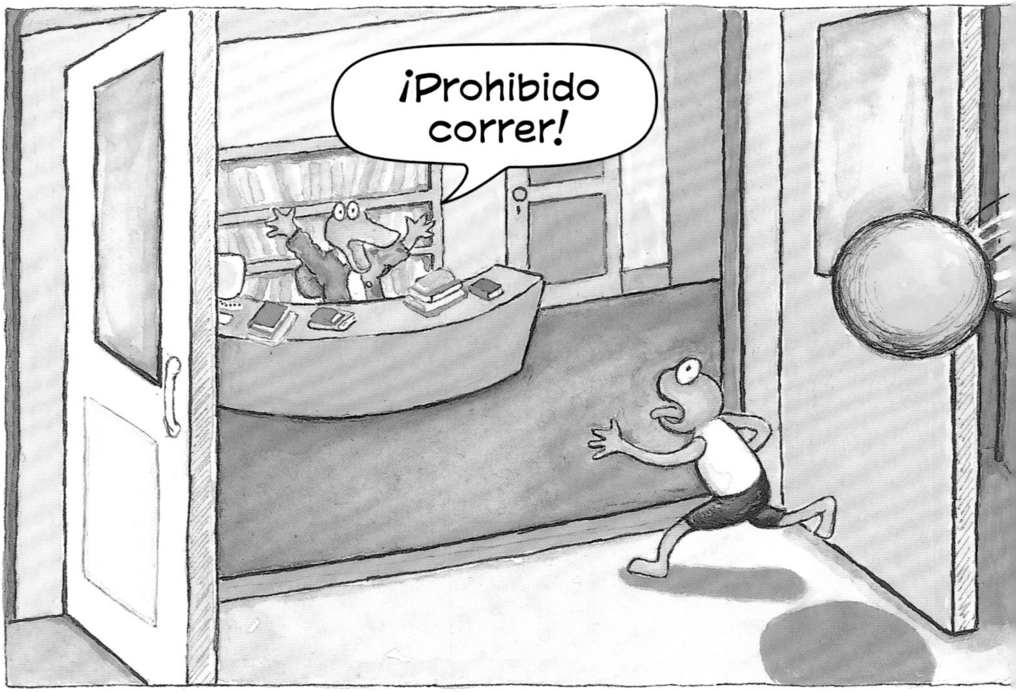
¡Prohibido correr!

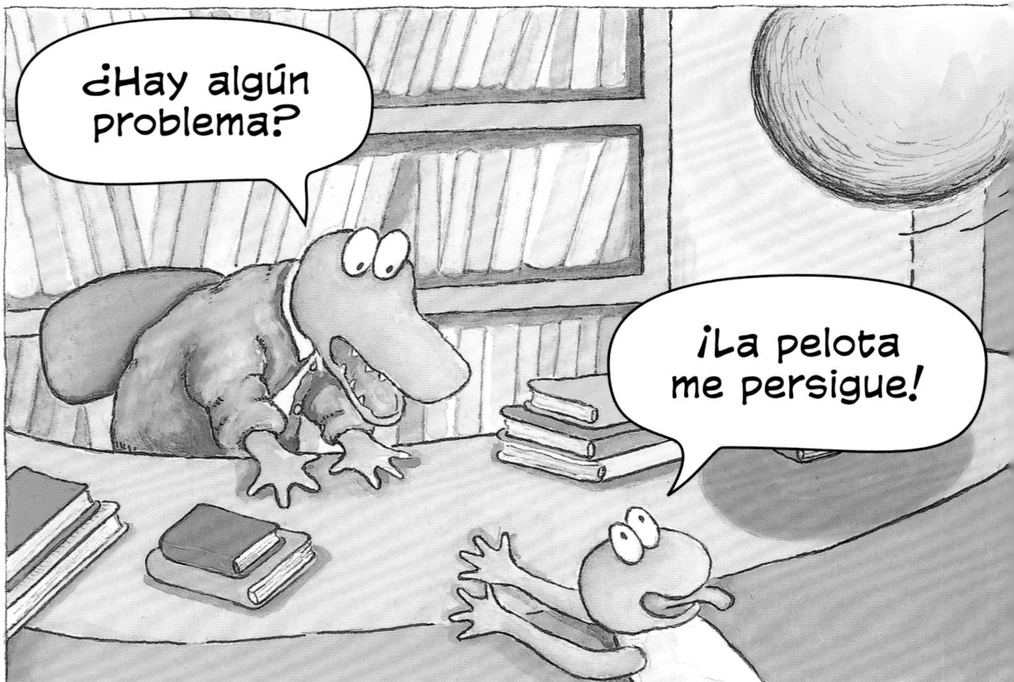
¿Hay algún problema?
¡La pelota me persigue!

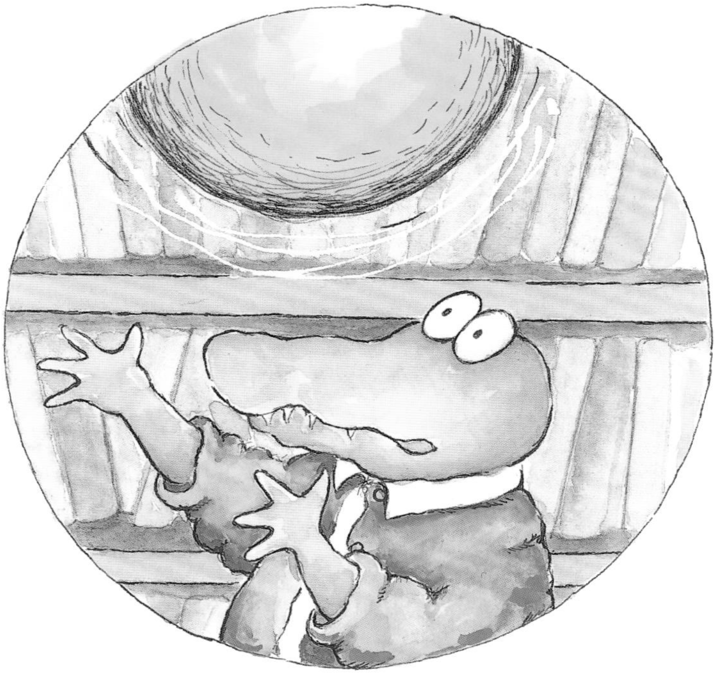

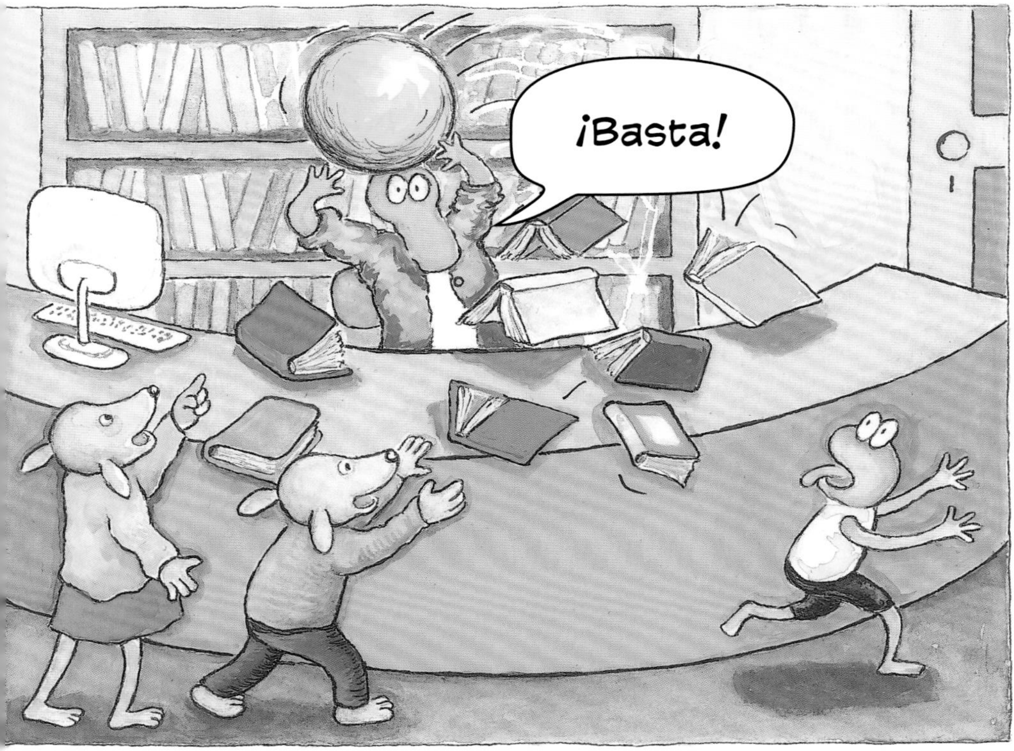
¡Basta!

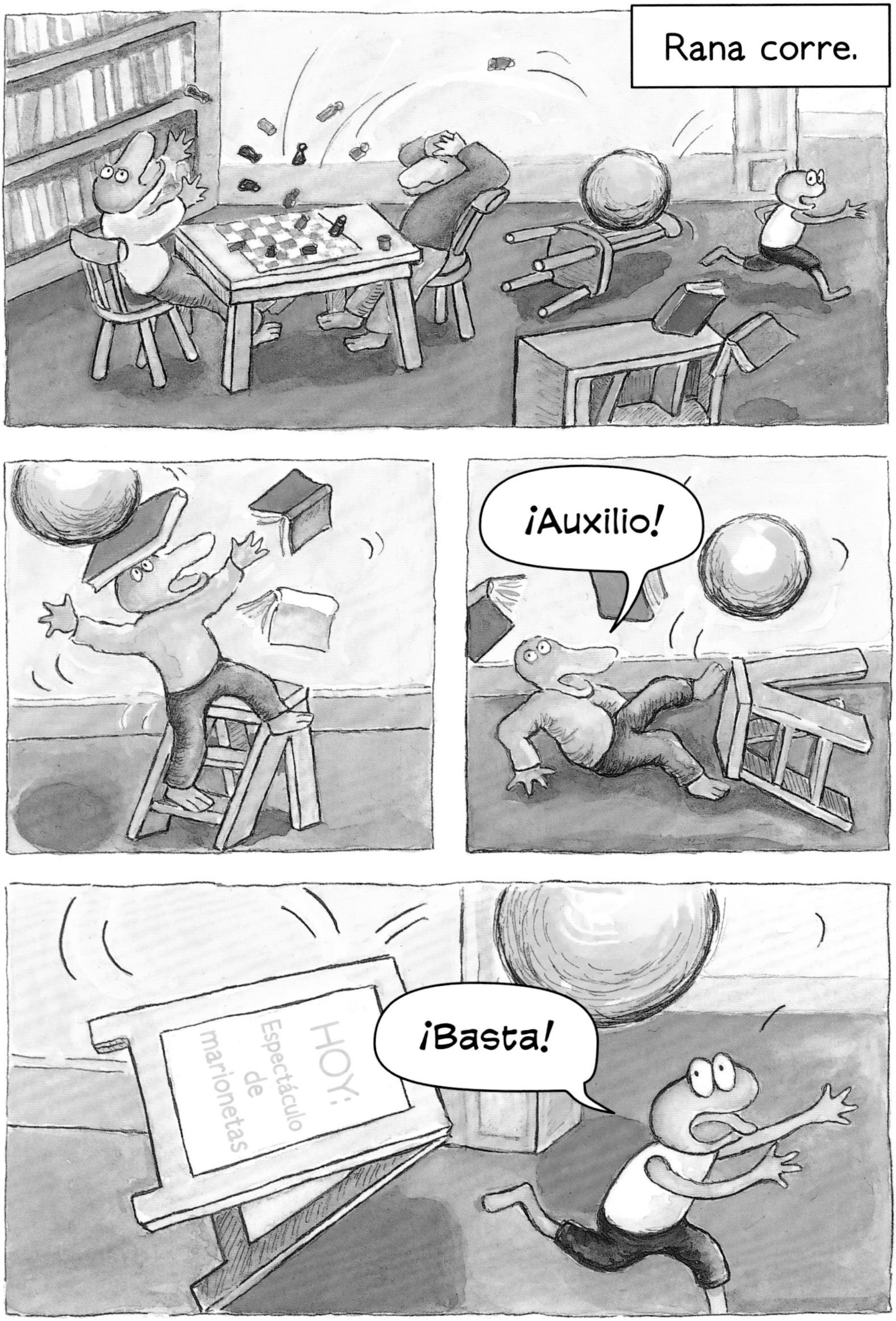
Rana corre.
¡Auxilio!
HOY: Espectáculo de marionetas
¡Basta!

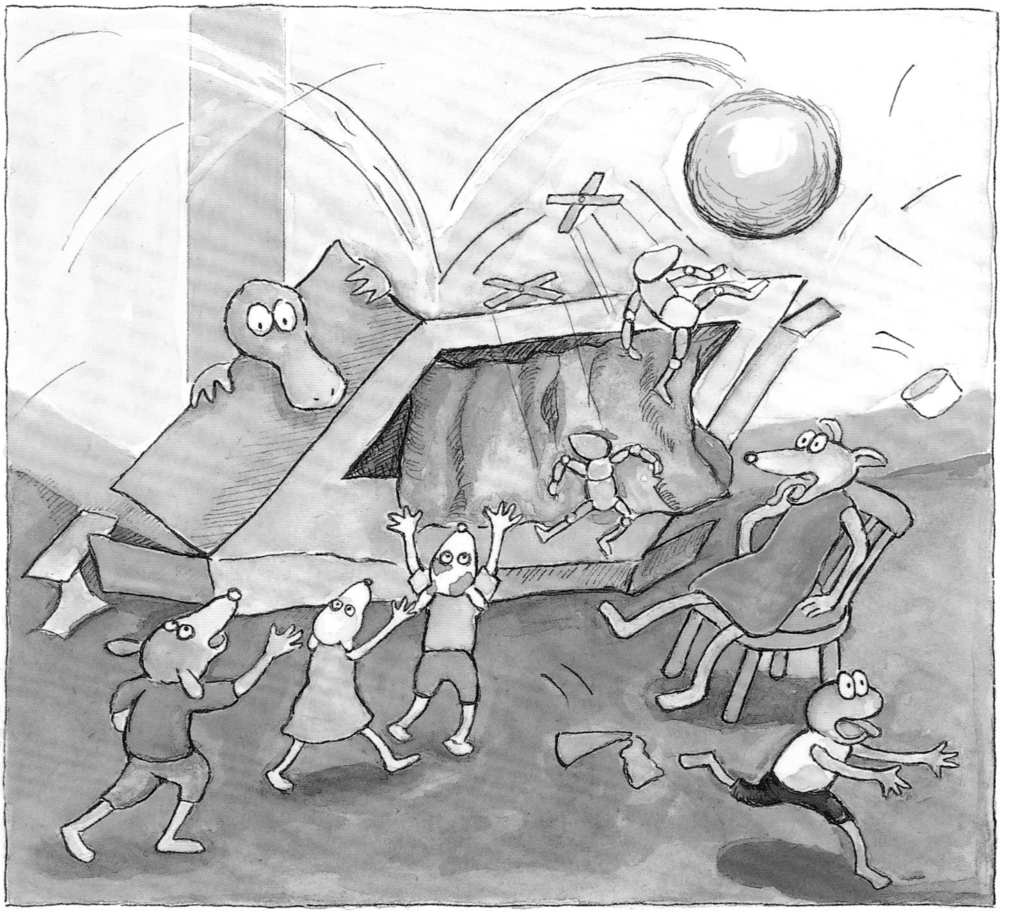
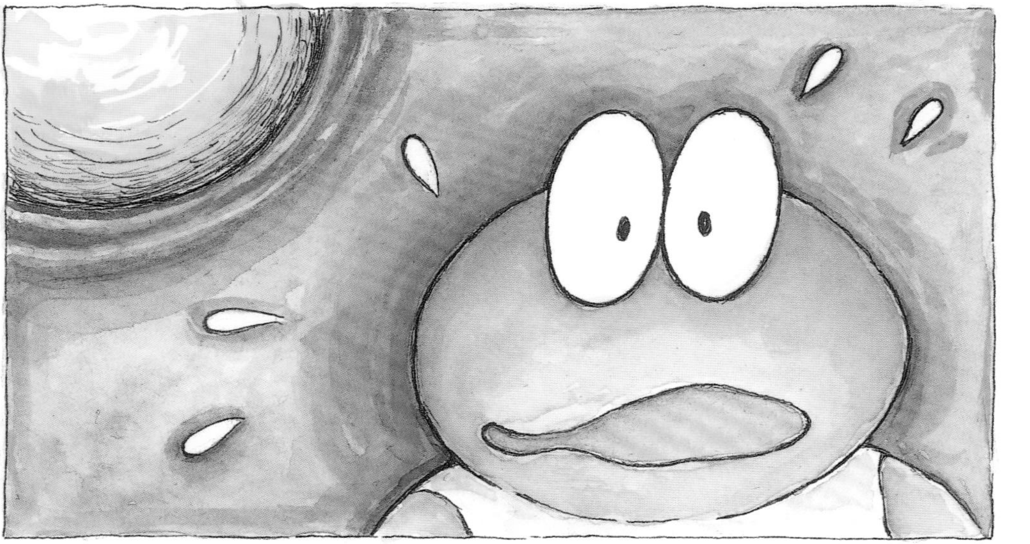

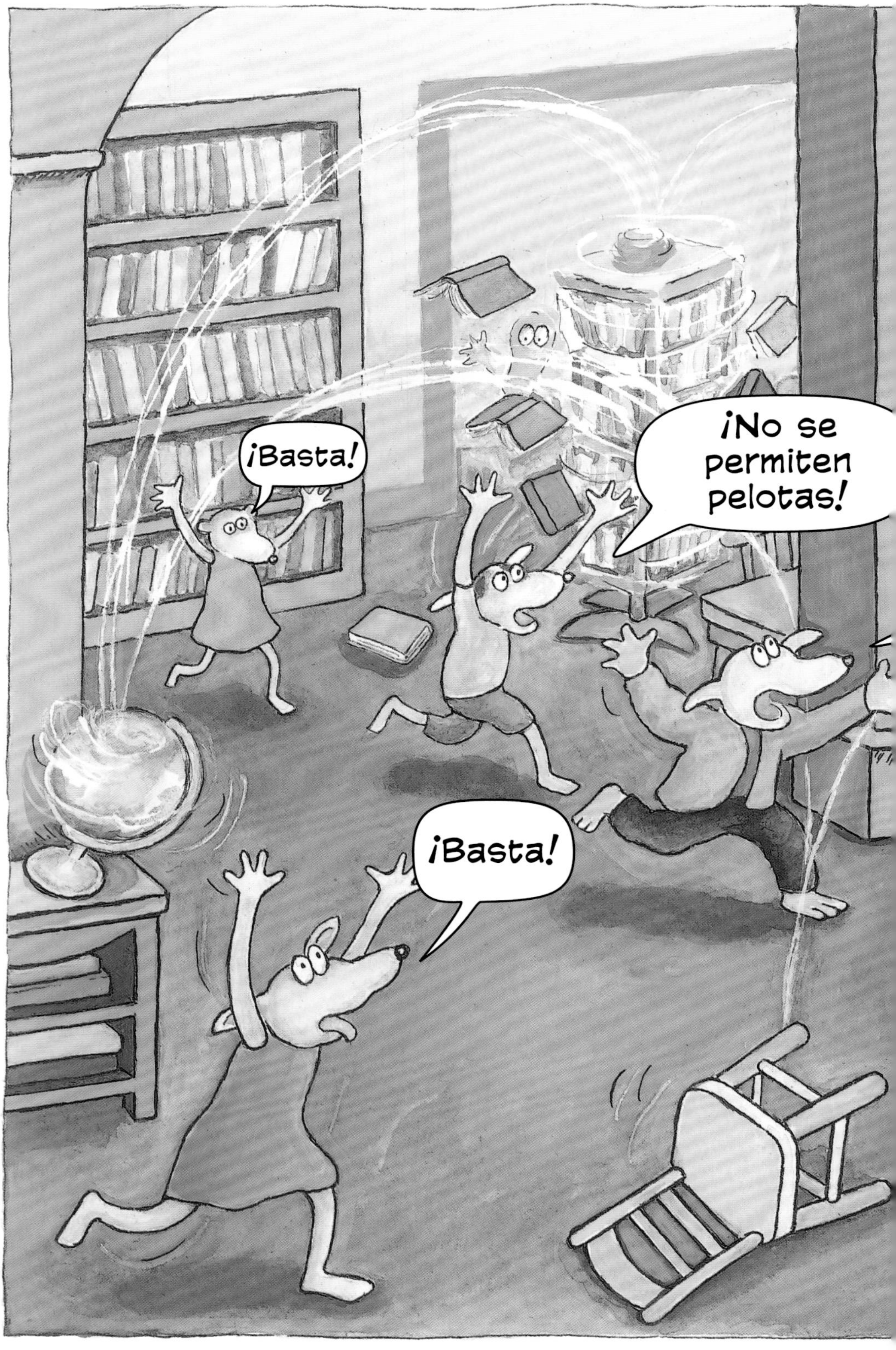
¡Basta!
¡No se permiten pelotas!
¡Basta!

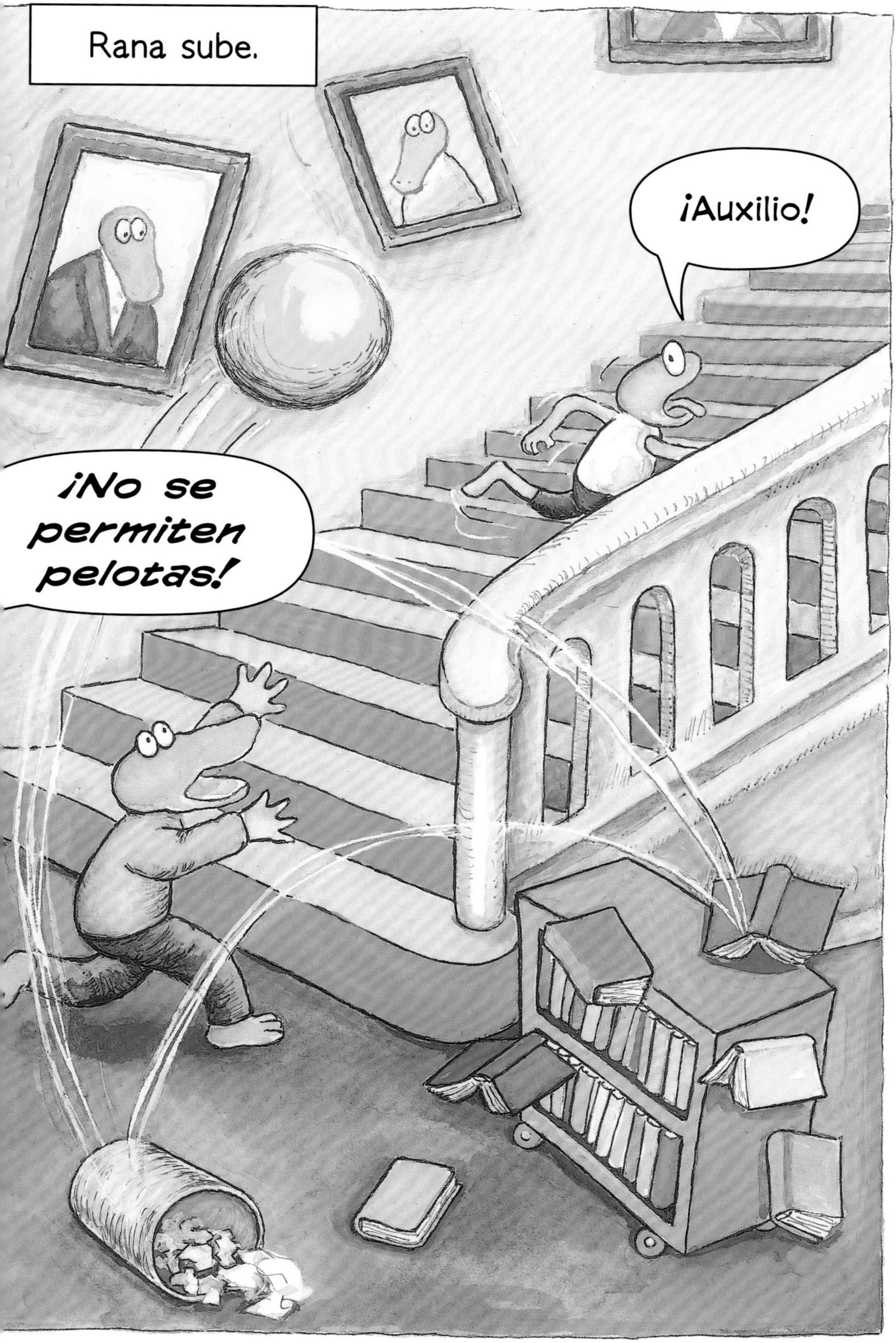
Rana sube.
¡Auxilio!
¡No se permiten pelotas!

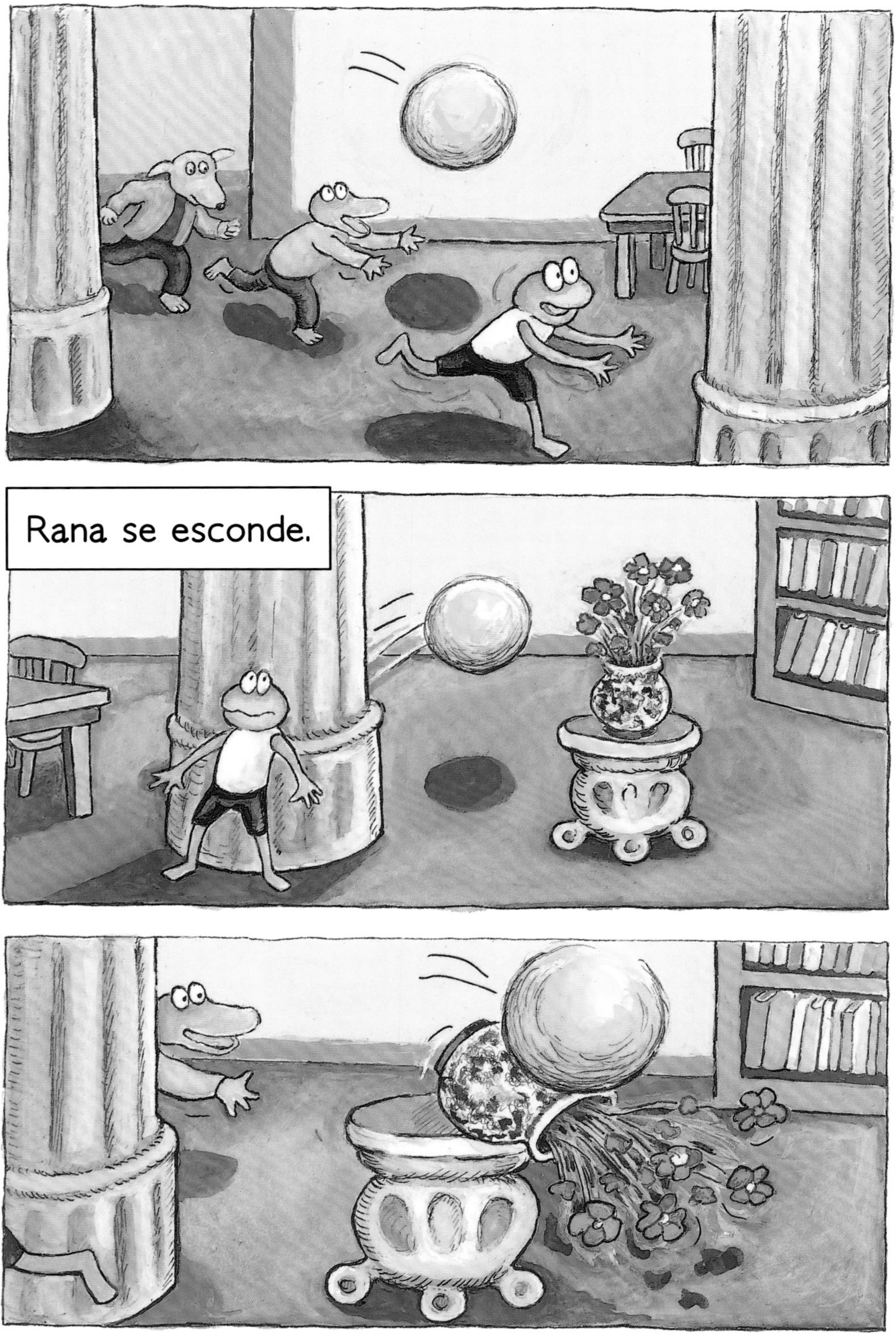
Rana se esconde.

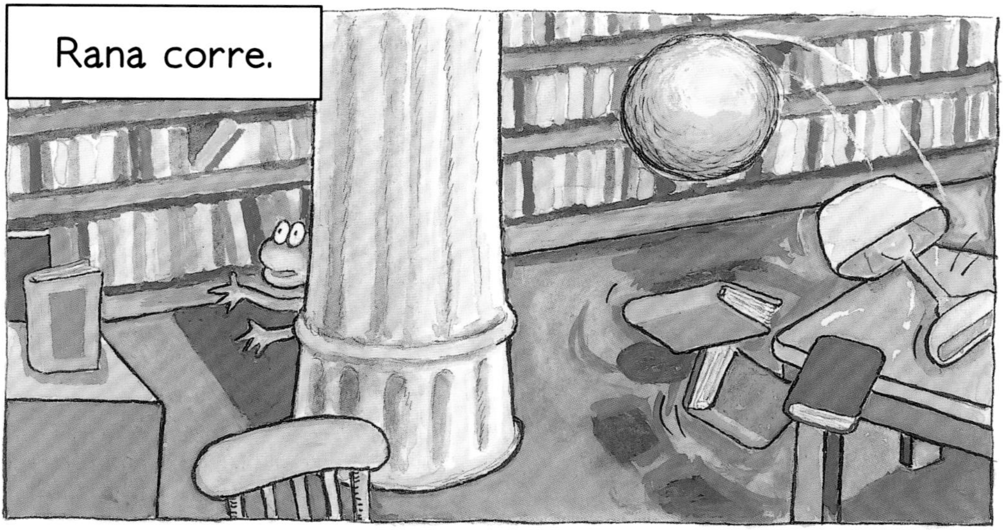
Rana corre.

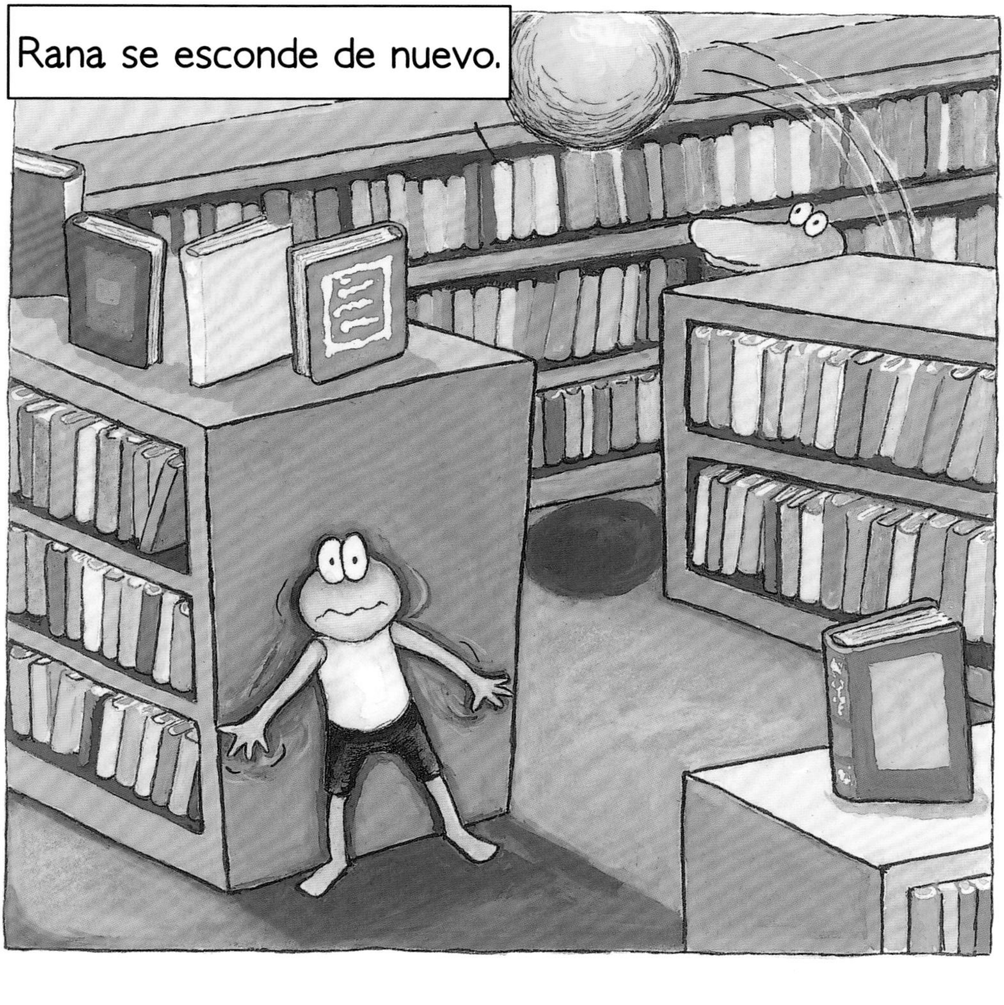
Rana se esconde de nuevo.

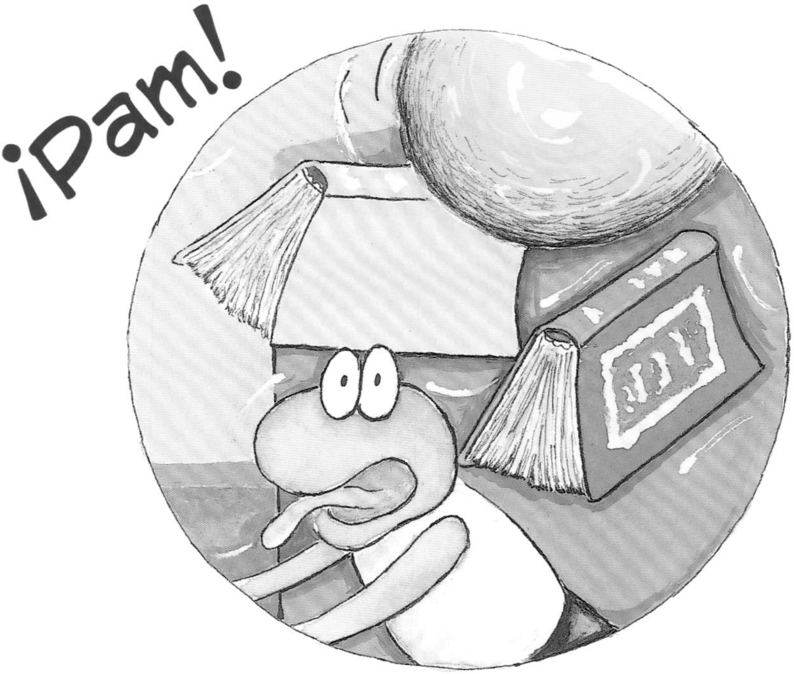
¡Pam!

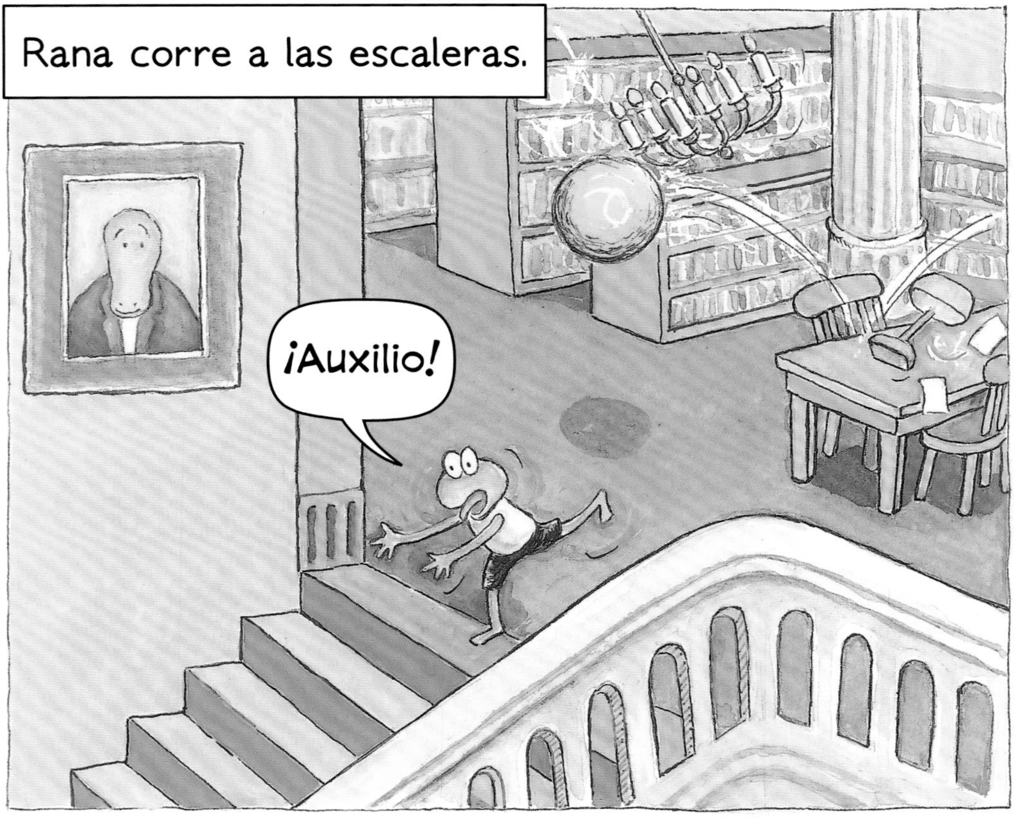
Rana corre a las escaleras.
¡Auxilio!

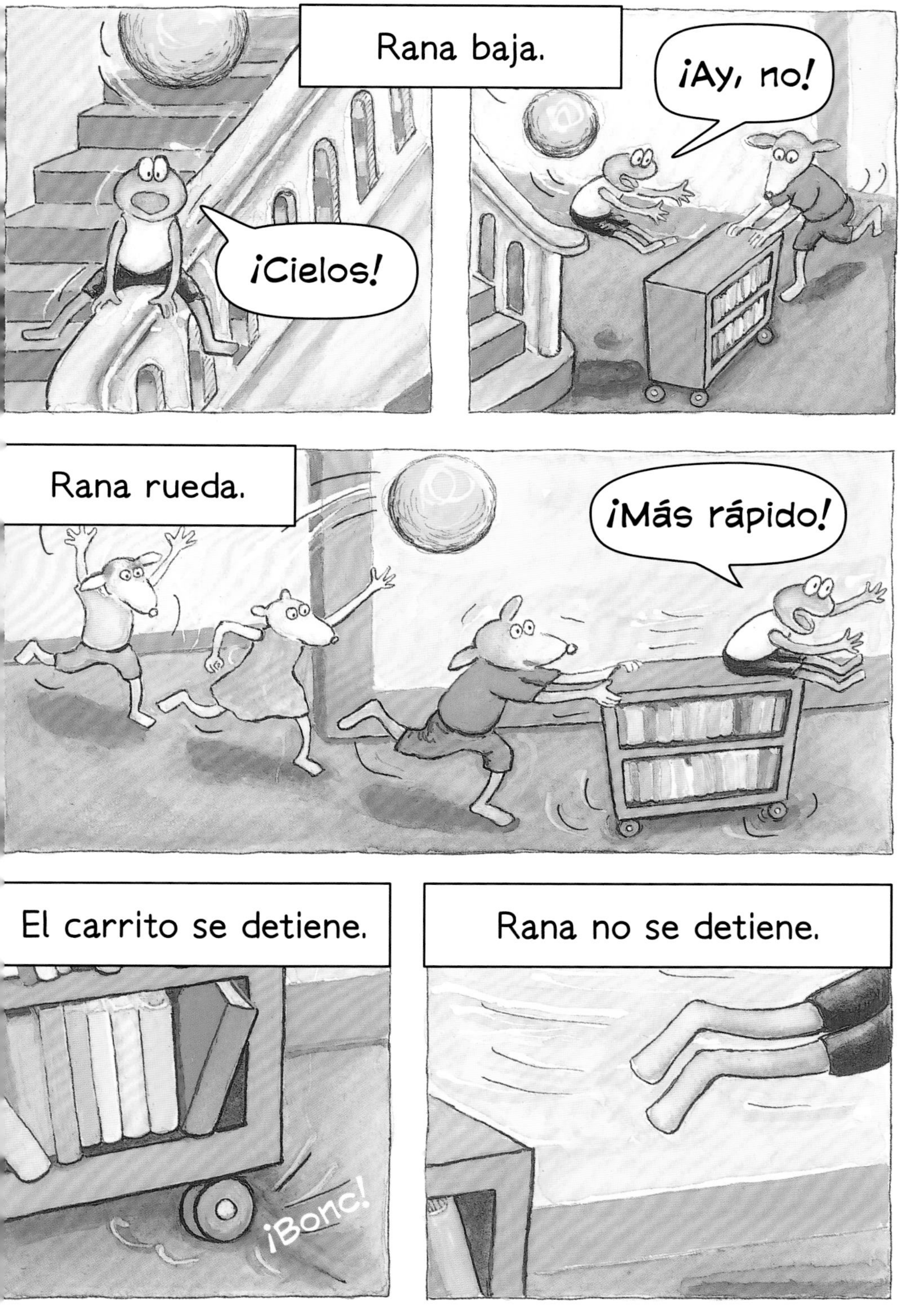
Rana baja.
¡Cielos!
¡Ay, no!
Rana rueda.
¡Más rápido!
El carrito se detiene.
¡Bonc!
Rana no se detiene.

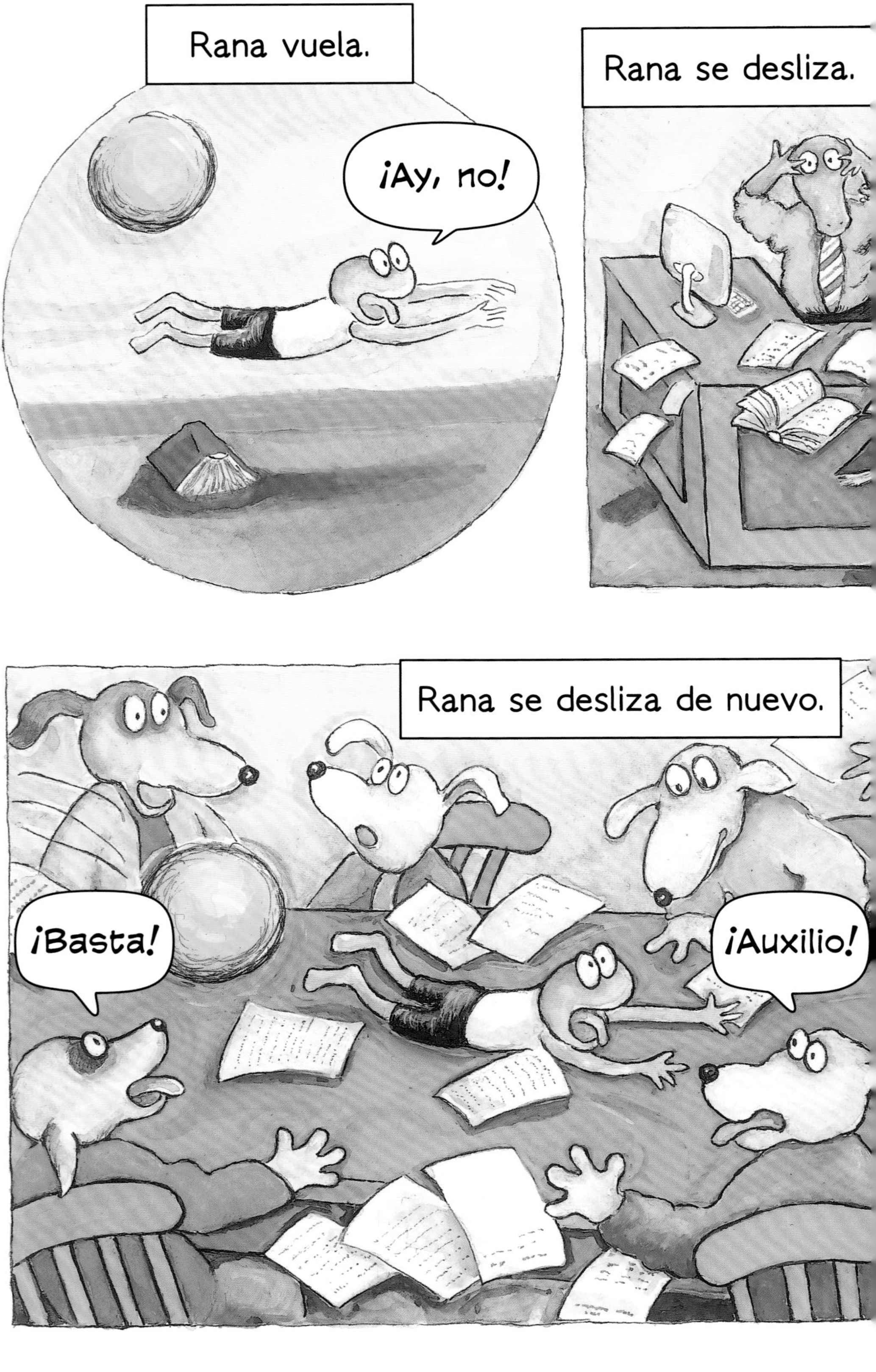
Rana vuela.
¡Ay, no!
Rana se desliza.
Rana se desliza de nuevo.
¡Basta!
¡Auxilio!

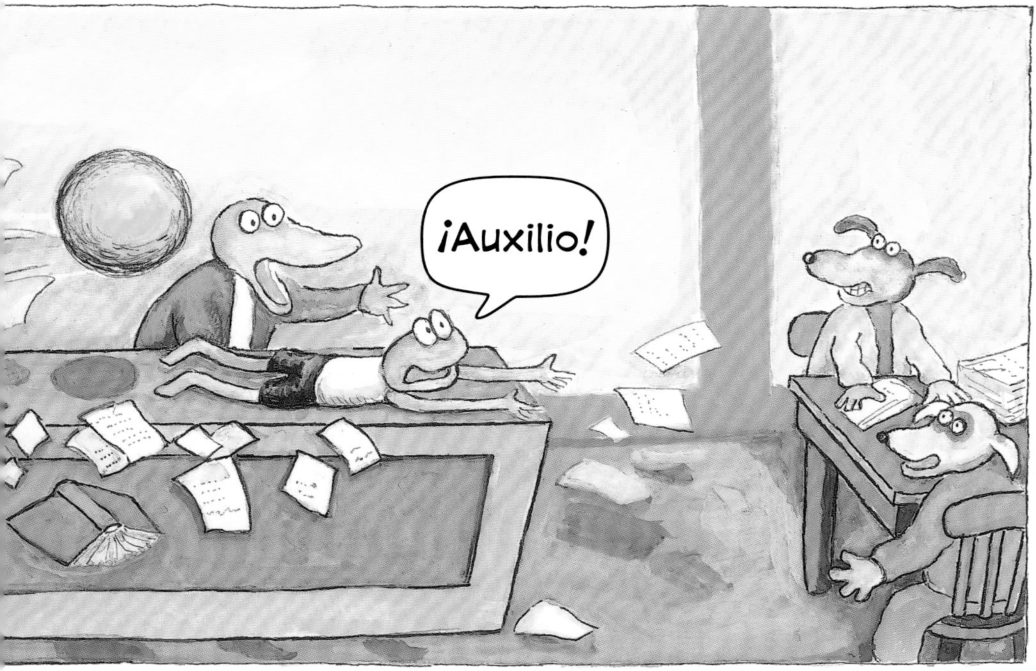
¡Auxilio!

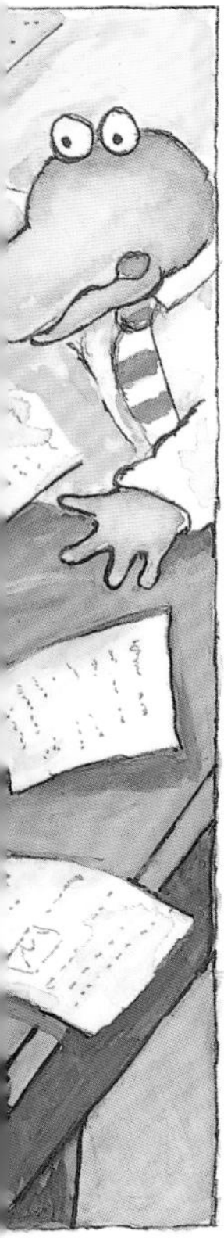

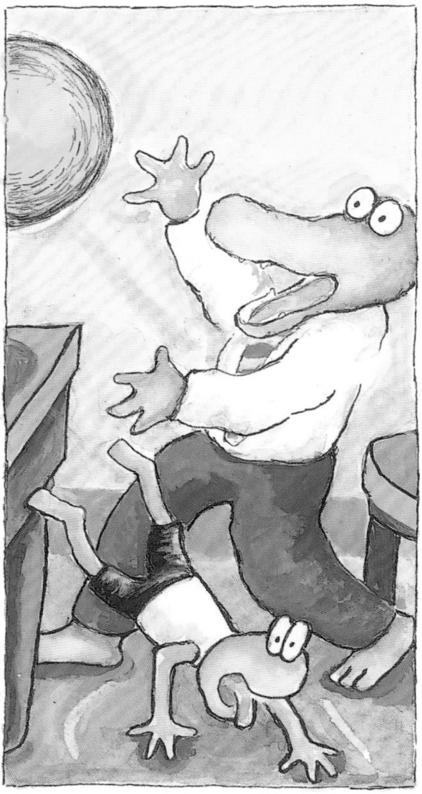

Se detiene la pelota.

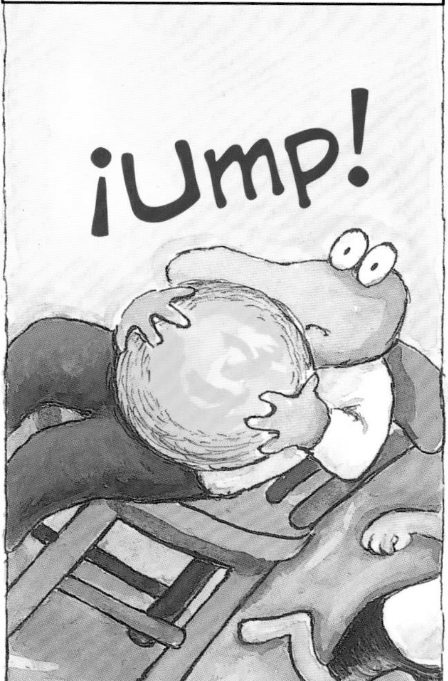
¡Ump!

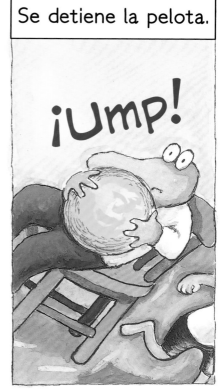

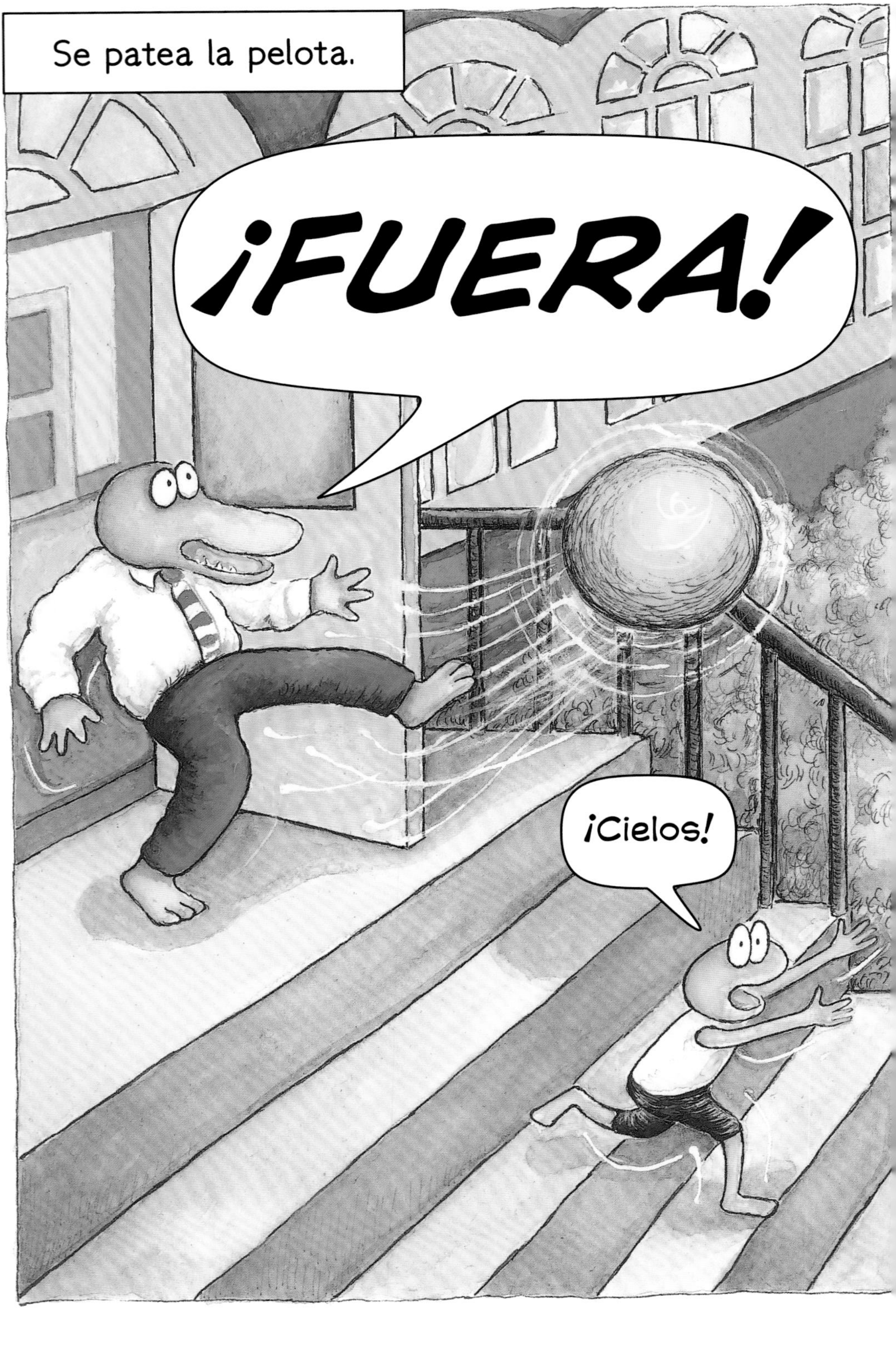
Se patea la pelota.
¡FUERA!
¡Cielos!

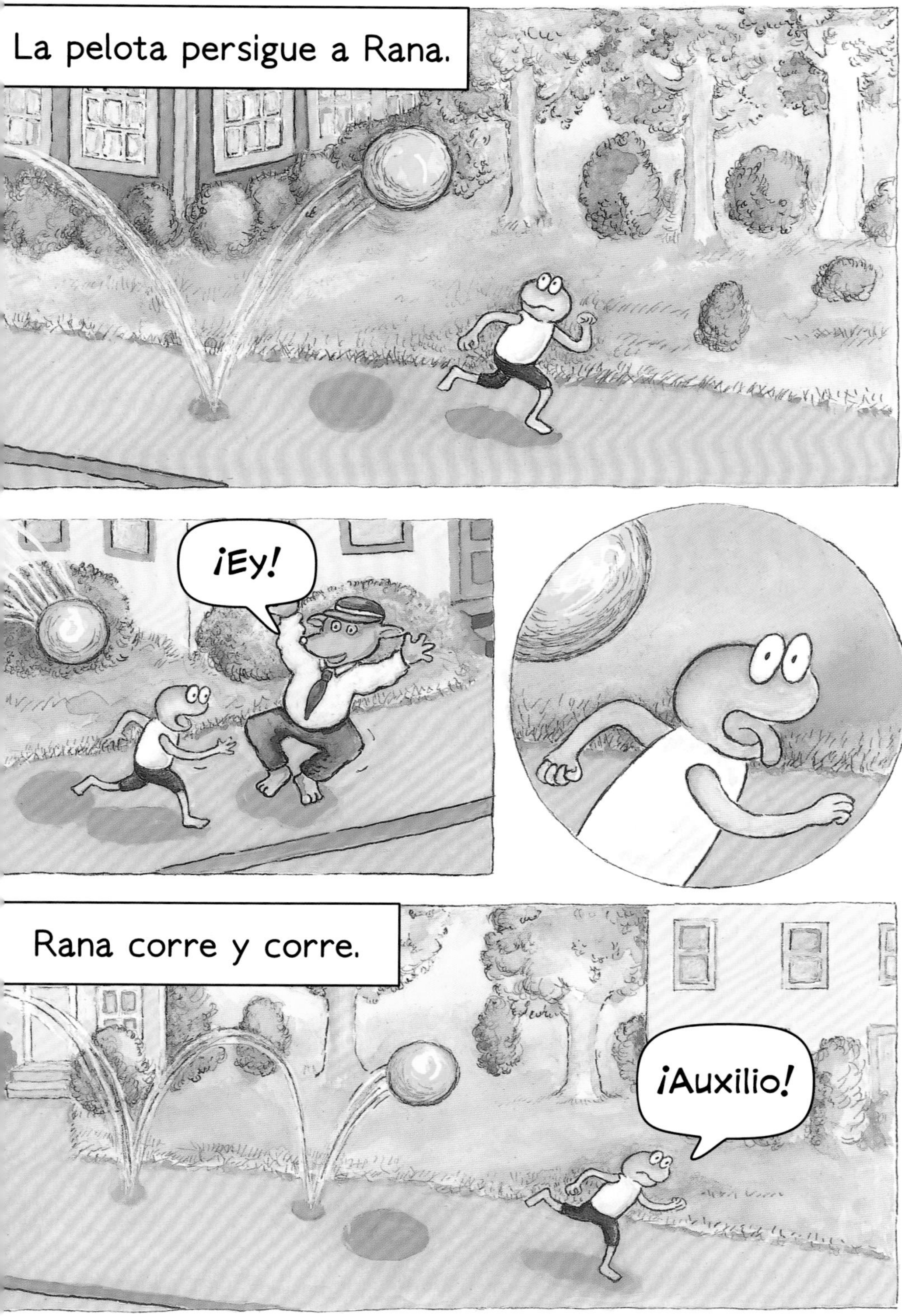
La pelota persigue a Rana.
¡Ey!
Rana corre y corre.
¡Auxilio!

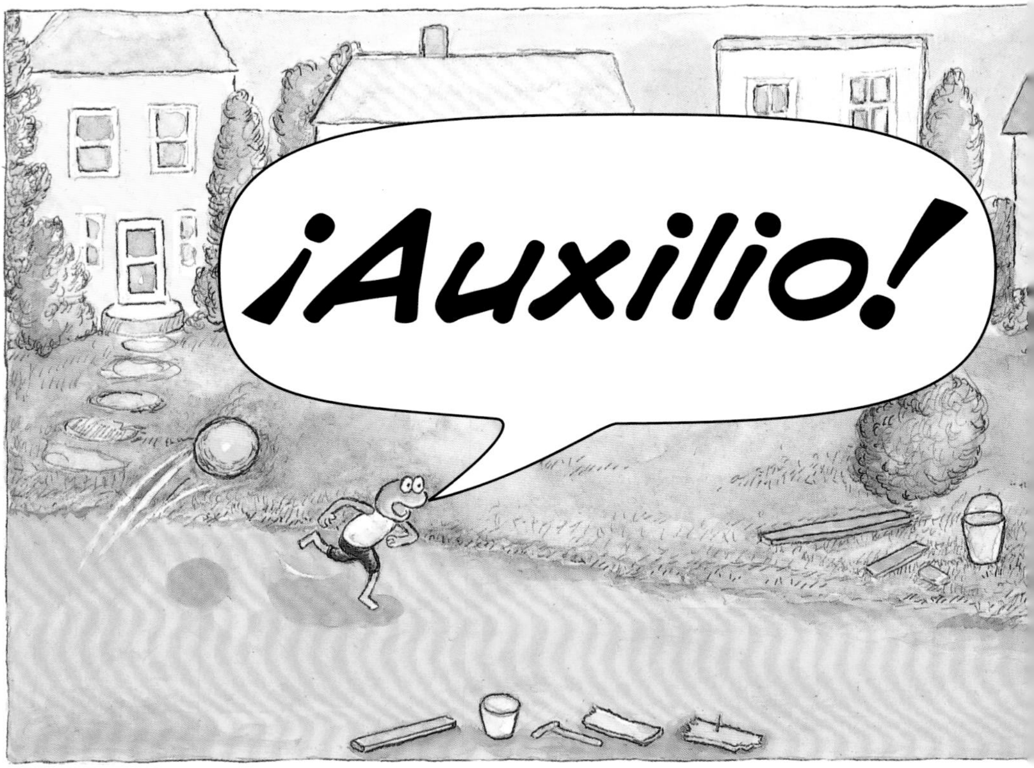
¡Auxilio!

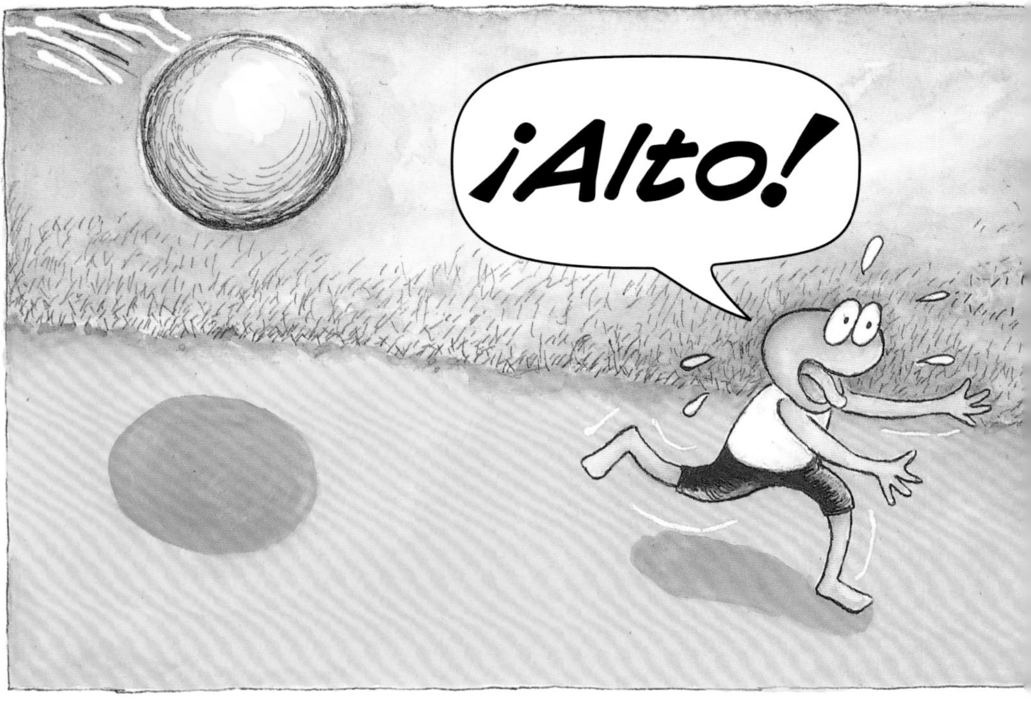
¡Alto!

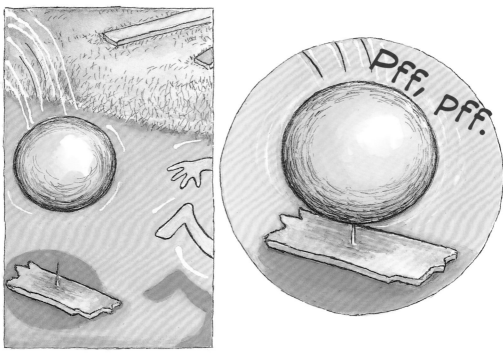

Pff, pff.

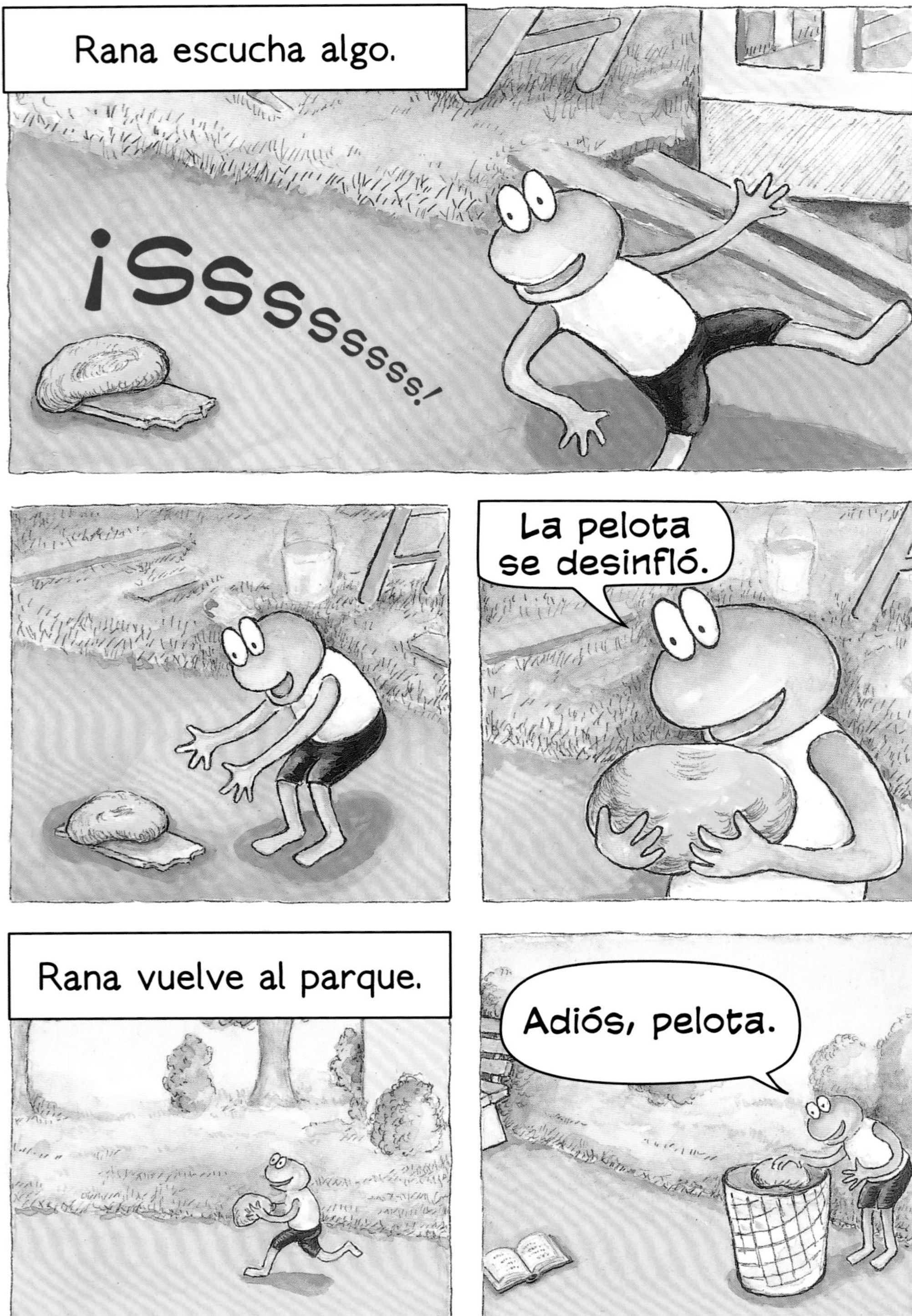
Rana escucha algo.
¡Sssssssss!
La pelota se desinfló.
Rana vuelve al parque.
Adiós, pelota.

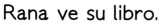
Rana ve su libro.

Va a casa.

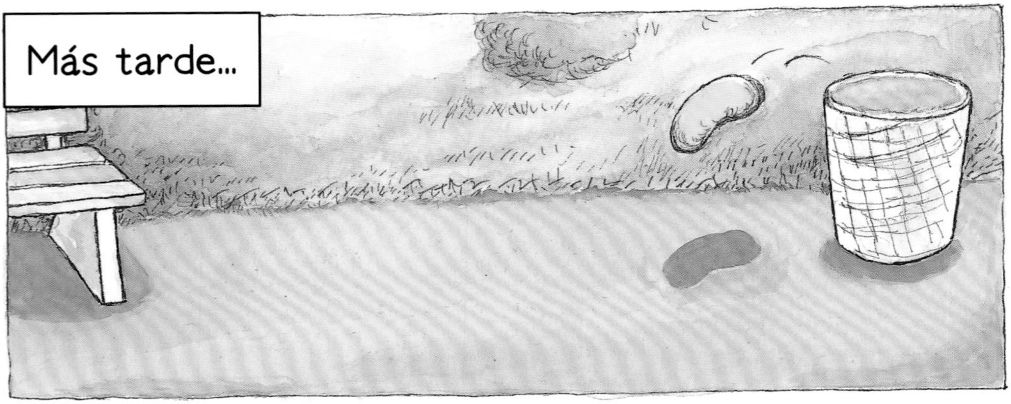
Más tarde...

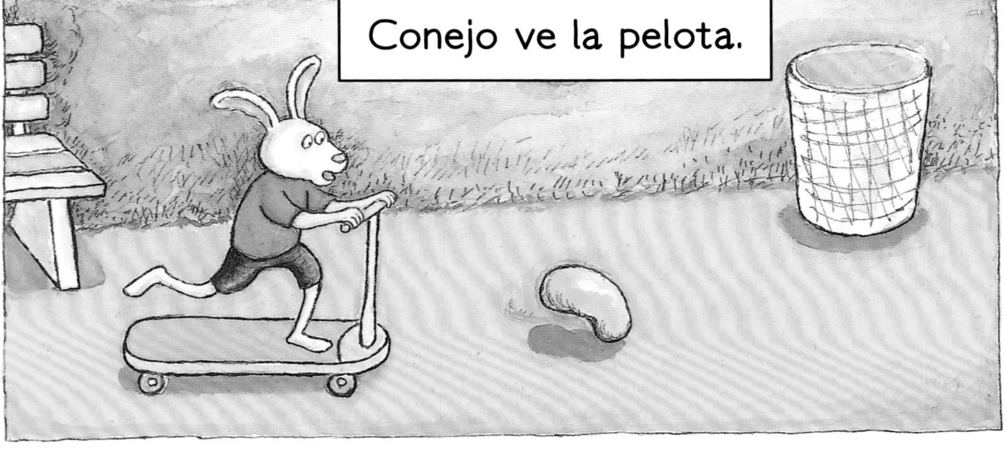
Conejo ve la pelota.

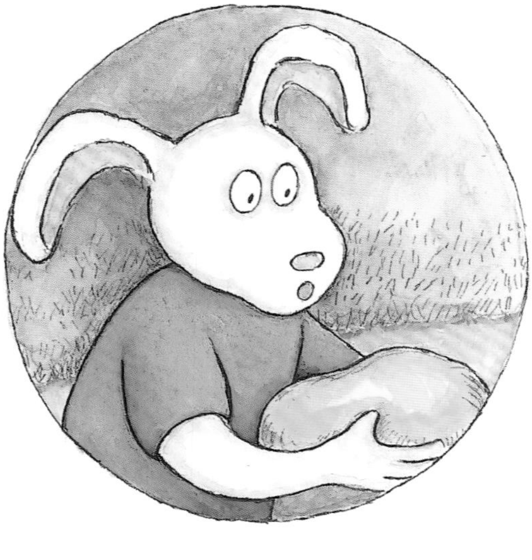

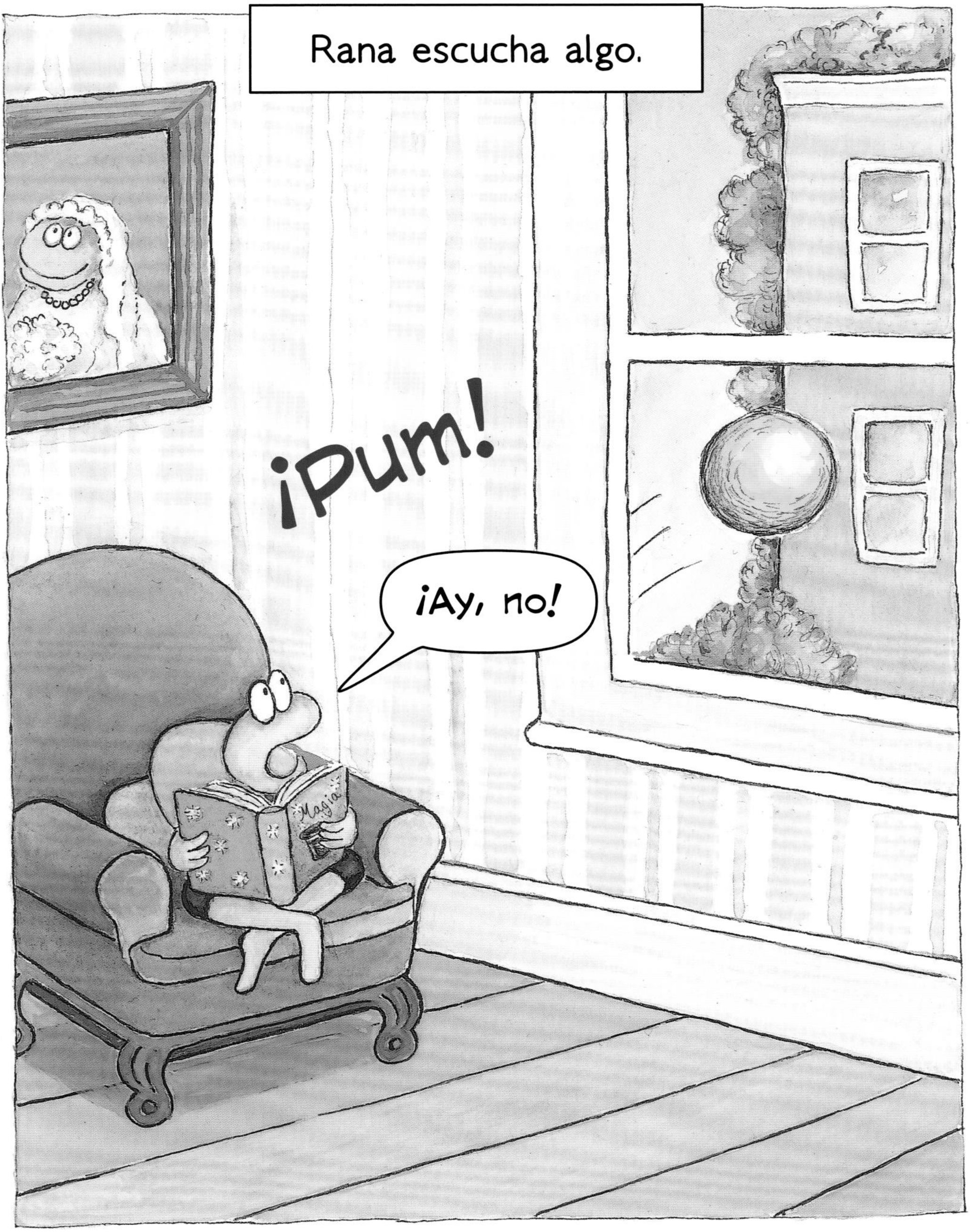
Rana escucha algo.
¡Pum!
¡Ay, no!
Magia

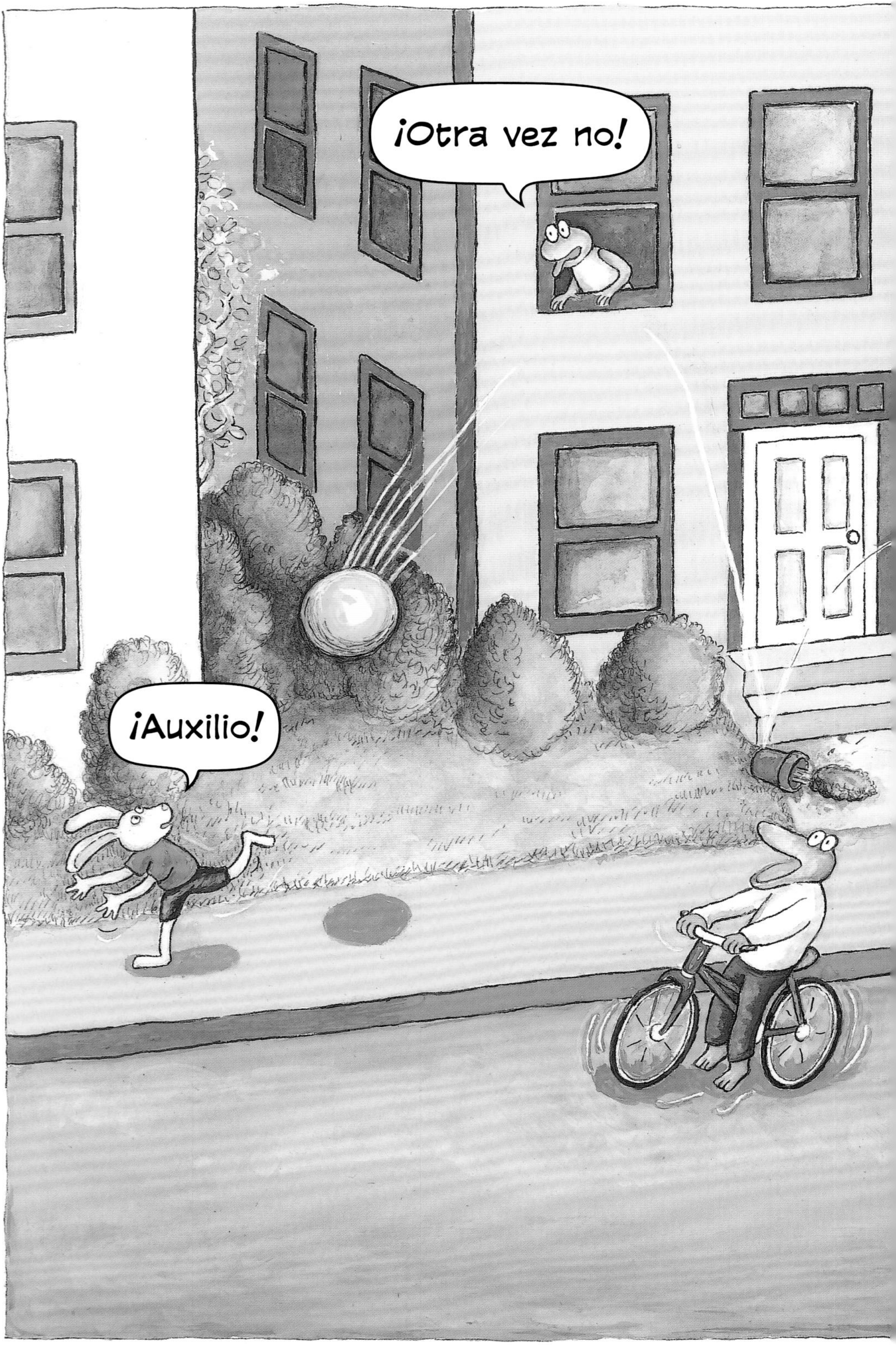
¡Otra vez no!
¡Auxilio!

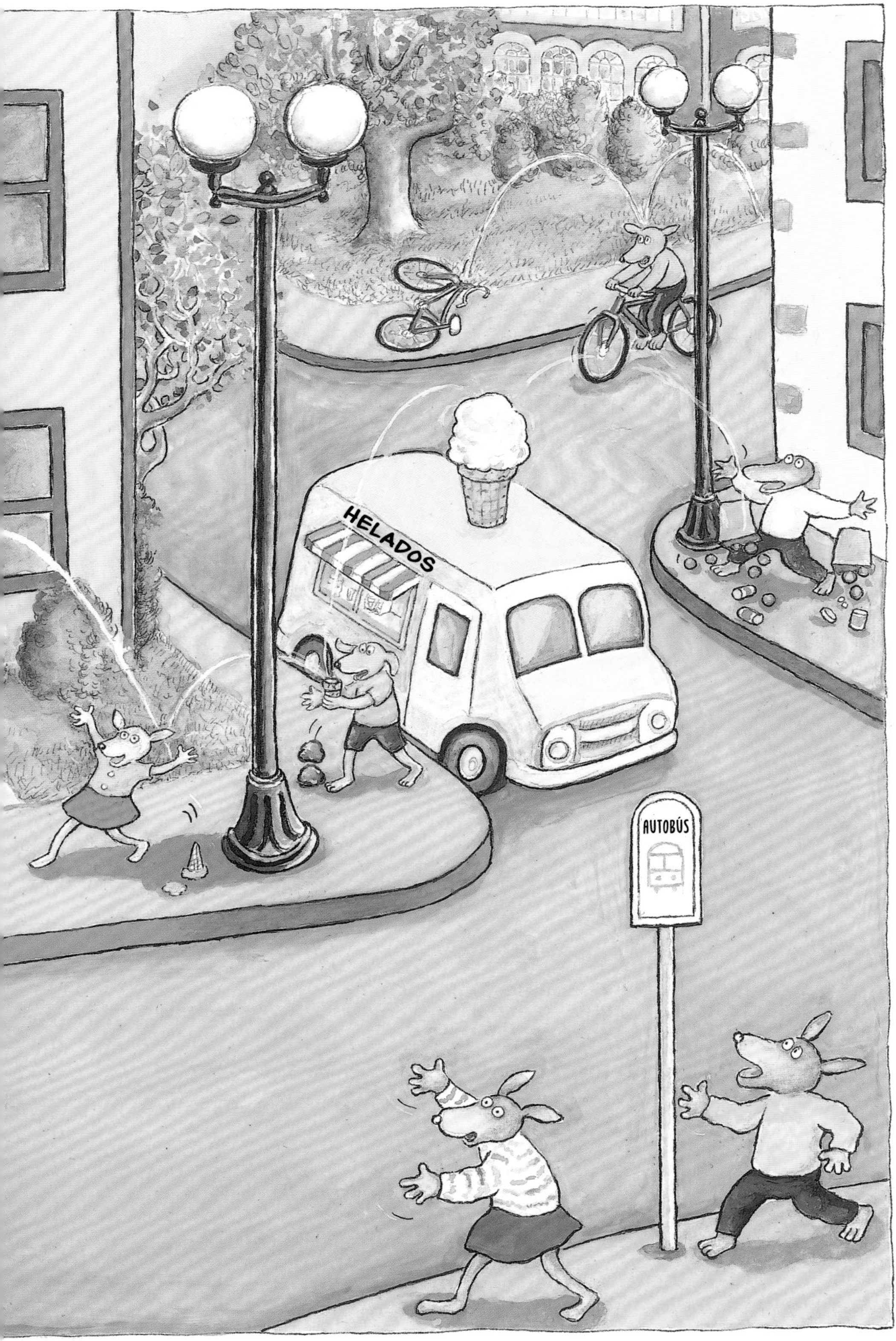
HELADOS
AUTOBÚS

Para mi editora, Mary Cash, con mucha gratitud.

¡Me gusta leer! is a registered trademark of Holiday House Publishing, Inc.
Text and illustrations copyright © 2021 by Kathy Caple
Spanish translation © 2024 by Holiday House Publishing, Inc.
All Rights Reserved
HOLIDAY HOUSE is registered in the U.S. Patent and Trademark Office.
Printed and bound in March 2024 at C&C Offset, Shenzhen, China.
The artwork was created on hot pressed watercolor paper, using Micron and Copic Multiliner
pens for inking, and painted with Winsor & Newton watercolors and gouache.
www.holidayhouse.com
First Spanish Language Edition
1 3 5 7 9 10 8 6 4 2

Library of Congress Cataloging-in-Publication Data is available.

ISBN: 978-0-8234-5806-6 (Spanish paperback)
ISBN: 978-0-8234-4341-3 (English hardcover as *Frog and Ball*)

The publisher would like to thank Dr. Laura Ascenzi-Moreno,
Professor of Bilingual Education at the School of Education at
Brooklyn College, City University of New York (CUNY), for her input.

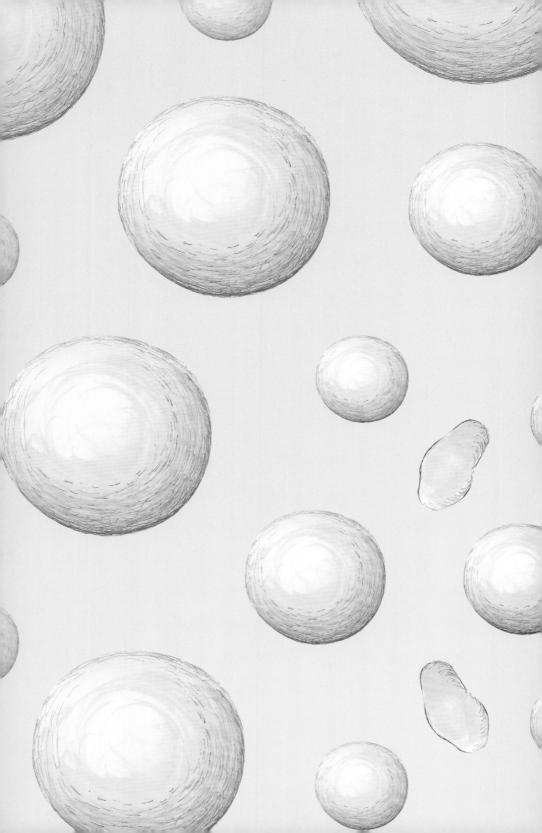

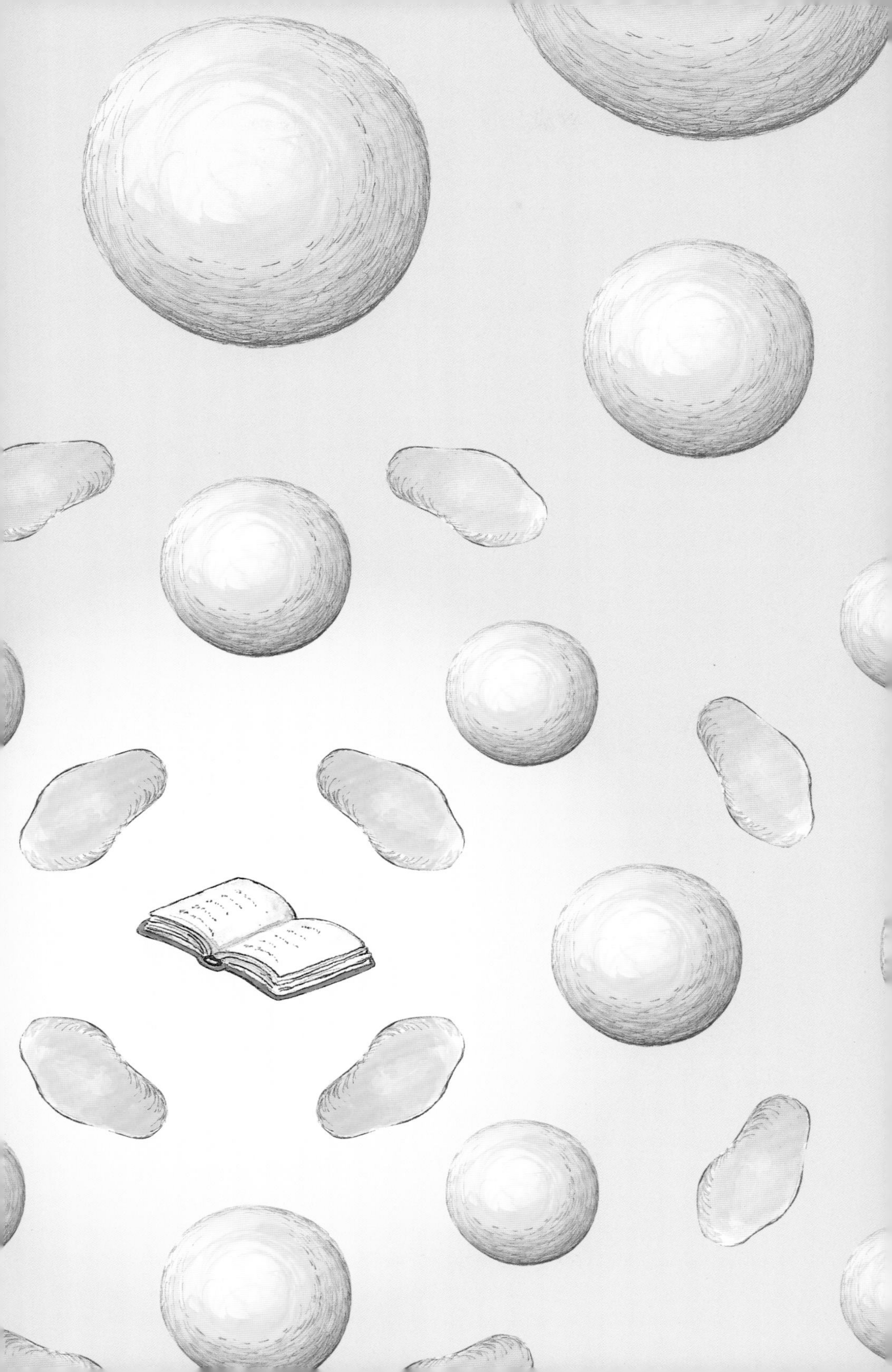

¡Me gusta leer!® CÓMICS™

También está disponible

¡Me gusta leer!®
¡Me gusta leer!® CÓMICS™
Búho y Pingüino
Vikram Madan

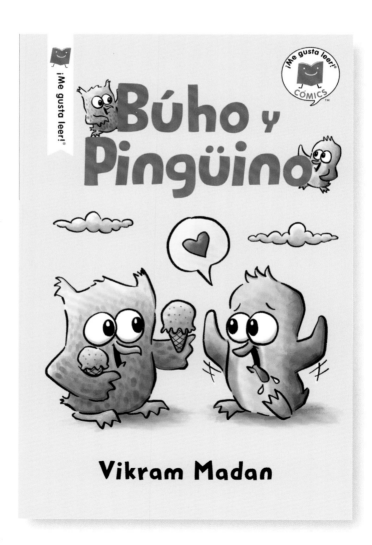